LE SECRET
DES TROIS SŒURS

DU MÊME AUTEUR
CHEZ LE MÊME ÉDITEUR

La Rivière engloutie
L'Enfant des terres sauvages
L'Inconnue de la Maison-Haute

Louis-Olivier Vitté

LE SECRET
DES TROIS SŒURS

Roman

Romans Terres de France

Production Jeannine Balland

Le Code de la propriété intellectuelle n'autorisant, aux termes de l'article L. 122-5, 2ᵉ et 3ᵉ a), d'une part, que les « copies ou reproductions strictement réservées à l'usage privé du copiste et non destinées à une utilisation collective » et, d'autre part, que les analyses et les courtes citations dans un but d'exemple et d'illustration, « toute représentation ou reproduction intégrale ou partielle faite sans le consentement de l'auteur ou de ses ayants droit ou ayants cause est illicite » (article L. 122-4).
Cette représentation ou reproduction, par quelque procédé que ce soit, constituerait donc une contrefaçon, sanctionnée par les articles L. 335-2 et suivants du Code de la propriété intellectuelle.

© Presses de la Cité, un département de place des éditeurs, 2010
ISBN 978-2-258-07948-8

1

La fillette s'approcha du rocher. L'eau coulait autour dans un bruit de cascade. Elle sauta et se rétablit sur un replat. La Dordogne faisait un coude au pied de la colline, au-delà duquel la gamine imaginait un monde empli de personnages étranges, de vignes, de falaises si hautes qu'on n'en voyait pas le sommet. Elle nourrissait ses rêves des récits entendus le soir, à l'auberge, quand les gabariers remontaient la rivière.

Leurs grandes barques à fond plat descendaient encore parfois la Dordogne, chargées de bois. Les équipages qui revenaient saufs de ce périple s'arrêtaient souvent pour la nuit dans l'auberge du bord de l'eau, chez les trois sœurs.

La petite fille ne connaissait pas d'autre monde que celui de la rivière. C'est là qu'elle vivait depuis toujours, dans cet univers loin de tout, dans cette vallée encaissée et sauvage, de l'autre côté du village de Saint-Projet et de son couvent.

Non loin d'elle, un pêcheur jetait son épervier depuis le début de l'après-midi. Ce soir, il ne manquerait sûrement pas de venir vendre sa friture à l'auberge. Accroupie sur son rocher, elle le regardait jeter le filet et le ramener, dans un geste ample et sec. Puis, penché sur les galets, en retirer un à un les petits poissons frétillants.

Une charrette de foin passa sur le pont, en faisant claquer les planches de bois. Amandine se baissa, plongea la main dans l'eau pour s'en mouiller le visage. On entendait, par-dessus le bruit de la rivière, les coups d'un bûcheron qui fendait du merrain. Un bateau en construction reposait sur sa sole, en contrebas du village.

Elle ferma les yeux, écouta les bruits de la vallée un long moment puis les rouvrit lentement. Dans le ciel tournait un oiseau de proie, les ailes déployées, porté par l'air chaud de l'été. Quelle heure pouvait-il être ? Dans un instant, sans doute, elle entendrait la voix de sa mère l'appeler pour le repas. Celle-ci la gronderait aussi, sans doute, sans vraiment y croire :

« Où es-tu allée traîner ? Tu as vu comme tu t'es salie ? »

Et, dans un geste tendre, elle lui recoifferait les cheveux.

La gamine se releva sans hâte, fixa les murs du couvent, de l'autre côté de la rive, et sauta de son rocher. On entendit tinter la cloche de l'église des religieuses. Amandine remonta le pré qui menait de la rive à l'auberge. Une barrière de bois entourait l'arrière de sa maison. Elle protégeait un potager soigneusement entretenu. Dans un coin, un enclos de pierre abritait un cochon gras, qu'on ne tarderait pas à venir chercher. Amandine détestait ces instants-là. Elle courait alors se réfugier le plus loin possible, pour ne pas entendre les cris de la bête que l'on égorge.

La maison massive, rectangulaire, à un étage, donnait sur le chemin de rive. Un vieux banc de bois, posé contre le mur couvert d'une sablette dorée ; à côté de l'entrée, quelques poules qui picoraient en liberté devant l'auberge : ce décor familier, la fillette ne le voyait presque plus. Et pourtant, si l'on eût enlevé ne serait-ce qu'un élément de ce tableau immuable, elle l'aurait sans doute immédiatement remarqué. Elle devina la silhouette élancée de sa mère derrière une fenêtre entrouverte. On percevait des rires qui montaient dans l'air tiède, par-dessus le murmure de la rivière.

Amandine poussa la porte qui donnait sur l'arrière de la maison. Son couvert l'attendait sur la table de la cuisine. Comme chaque jour, elle mangerait seule. Sa mère et ses tantes, elles, prendraient leur repas une fois les hommes rassasiés, debout contre le fourneau.

— Te voilà enfin, toi ? Et d'où tu viens ? Tu es toute sale !

— J'étais au bord de l'eau.

— Et tu sais bien que je ne veux pas ! Ce n'est pas la place pour une fillette comme toi.

Tout en parlant, la jeune mère passait sa main dans les cheveux de l'enfant, un sourire sur les lèvres. Dans la pièce d'à côté, on entendait les grosses voix des hommes qui riaient fort. Une odeur de vin et de tabac mêlés arrivait par bouffées dans la cuisine, par-dessus celle des légumes et de la friture qui finissaient de cuire sur le fourneau.

— Allez, viens t'asseoir, c'est l'heure de manger !

Amandine se hissa sur la chaise un peu bancale. Elle tendait l'oreille, attentive aux bruits venant de la grande salle.

— C'est qui, maman, qui mange, aujourd'hui ?

La jeune femme se retourna, sans cesser de touiller son faitout.

— Des bûcherons. Ils vont s'embaucher un peu plus haut. Tu ne rentreras pas dans la salle, d'accord ?

Amandine baissa la tête, mais elle savait déjà qu'elle ne pourrait s'empêcher de passer son museau par la porte pour regarder ces paysans au cuir tanné, au verbe haut et aux corps courts et musclés. Dans un coin de la pièce, une vieille horloge, que personne ne cherchait vraiment à régler correctement, rythmait le temps. Elle donnait une heure approximative. De temps à autre, sa tante Adélaïde la calait sur la cloche du couvent. Mais, les nonnes elles-mêmes, que savaient-elles de l'heure exacte ?

Amandine regardait sa mère aller et venir, le pas léger, la robe traînant presque par terre. La Grande Guerre venait de se terminer, mais le style garçonne se faisait encore attendre, ici, et les femmes continuaient de s'habiller à la mode d'avant. Amandine savait que des hommes, partis alors qu'elle n'avait pas quatre ans, ne reviendraient plus. Au village, une femme continuait pourtant d'attendre son mari. Personne ne pouvait lui dire si, oui ou non, il vivait encore. Alors, elle préférait croire qu'il reviendrait un jour, un beau jour. Mais y croyait-elle vraiment ? En attendant, elle tirait le diable par la queue et refusait tous les partis qui se présentaient. De quoi vivait-elle ? De peu, de rien, sa marmaille perpétuellement accrochée à ses basques. L'aîné allait sur ses quatorze ans et il se louait déjà dans les bois avec les bûcherons. Il pêchait aussi, la nuit, à la lampe. Le plus jeune, lui, du haut de ses quatre ans, découvrait un monde sans hommes, un monde de solitude et de privations. Amandine savait tout cela, sans vraiment en être consciente.

Sa mère tourna la tête, la regarda en souriant de nouveau. La porte de l'auberge s'ouvrit et les conversations s'arrêtèrent d'un coup, puis reprirent, tout doucement.

— C'est Pierrot, murmura la gamine.

Marie tendit l'oreille, les pommettes soudain un peu rouges. L'air coquin, Amandine demanda :

— Pierrot, c'est ton amoureux ?

— Veux-tu te taire !

Elle ne se fâchait pas, fixant l'enfant avec douceur.

— Pourquoi c'est pas ton amoureux ?

— Mais... parce que ce n'est pas ton papa.
— Et il est où ?

Marie se redressa, ses yeux s'embuèrent l'espace d'un instant, puis elle se reprit, le regard de nouveau plein de douceur.

— Il est où il est, petinote. Tu es trop petite pour comprendre. Un jour, je te dirai tout. A présent, mange un peu, que tu vas filer le ventre vide. Demain, l'école reprend. Il te faut prendre des forces.

Tout en parlant, elle guettait dans le brouhaha la voix du menuisier. Elle surprit le regard amusé de sa fille et, pour ne pas montrer son trouble, se tourna de nouveau vers le fourneau. On entendit un bruit de pas dans l'escalier qui menait aux chambres.

Adélaïde poussa la porte de la cuisine, le chignon un peu de travers. Elle le redressait cent fois par jour, mais rien n'y faisait, il retombait toujours, du même côté.

— Tu as préparé pour l'équipe, là-bas ?

Du doigt, elle désignait la salle.

— Ils pourront manger quand ils auront fini de boire.

— N'attends pas trop, va. Plus tu attendras et plus je risque de me faire pincer les fesses.

Et elle partit d'un petit rire de gorge qui fit tressauter sa poitrine opulente. Marie regarda sa sœur et laissa tomber :

— Faut croire que ça ne te dérange pas trop, que tu y retournes tous les jours.

— Tu es jalouse, peut-être ?

— Que non pas, je te laisse ce privilège.

Marcellin tendit l'oreille. Debout sur le pas de la porte de son épicerie, il écoutait la rivière. Si le vent portait le roulement du gourd, en bas du village, alors la pluie ne tarderait pas. Au contraire, si le vent portait le chant des petits rapides, en amont, alors on pouvait espérer un temps plus sec, mais plus frais. Il jeta un regard sur l'autre rive, au-delà des maisons basses. On devinait le toit de lauzes grises de l'auberge et sa cheminée. Elle fumait droit. Marcellin sourit. Le temps semblait devoir rester au beau. A quarante ans passés, l'épicier marchait désormais avec une canne. Il faisait partie de ces hommes rentrés vivants du front et il gardait une raideur dans la jambe, souvenir d'une blessure dont il ne tirait aucune fierté. Il regardait autour de lui ce monde qu'il redécouvrait, un monde que la guerre venait de changer définitivement, un monde auquel il devait s'habituer, un monde que les femmes avaient réinventé pendant ces quatre années, un monde qu'il peinait à se réapproprier. Sans sa jambe raide il serait bien allé jusqu'à l'auberge, chez les trois sœurs. Mais le trajet l'effrayait un peu. Non pas qu'il n'en fût pas capable, mais parce qu'il redoutait de paraître diminué devant les autres et devant ceux croisés en chemin. Depuis son retour, il ne parvenait à se réjouir de rien. Il sentait encore dans sa bouche l'odeur des tranchées, l'odeur de la mort, l'odeur de l'horreur. Il ne parvenait pas à s'en défaire. Et puis il y avait le jeune menuisier. Lui aussi était revenu. Il se savait beau gosse. Il en jouait, courant après toutes les femmes passant à sa portée, comme un enfant incapable de réfréner ses envies devant un étalage de gourmandises. On le disait parfois serviable, gentil. Il n'était qu'infantile et égocentrique, prêt à tout sacrifier à son plaisir, quel qu'en soit le prix.

— Tu viendras manger ?

La voix de Léonce, sa femme, le tira de sa rêverie. Il rentra dans la boutique, respira cette odeur particulière qu'il aimait tant, mélange de pétrole, de poisson séché, de fromage et de légumes, avec, en arrière-plan, une fragrance de savon et d'eau de Cologne.

La cloche du couvent tinta doucement. Les quelques bonnes sœurs qui restaient encore là, loin de tout, vivaient réglées comme du papier à musique. Leur jardin faisait l'admiration de tous par sa beauté et la régularité de ses allées. Marcellin aimait à s'y attarder, quand d'aventure il devait aller y livrer quelques courses.

Le vieux Célestin marchait sans hâte, l'épervier sur l'épaule. Son regard bleu clair éclairait un visage usé par les ans. Il avança sur la berge, posa ses sabots, releva le bas de son pantalon, retourna sa veste pour laisser les boutons à l'intérieur afin de ne pas les accrocher à son filet, puis avança sur les galets brillants, en prenant bien garde de ne pas glisser.

Une demi-heure plus tard, sa friture dans la bourriche, il remontait vers le village, de son pas toujours aussi mesuré. Il ne vit pas Amandine qui, debout à l'entrée du pont, l'observait depuis un long moment.

A l'auberge, les hommes mangeaient de bon cœur, buvant sec et riant fort. Marie passait de temps à autre la tête par la porte pour surveiller la salle.

— Ils ont bon appétit ?
— Et même plus ! fit Adélaïde dans un sourire fatigué.
— Et la petite ?
— Elle est sortie, je crois.

La jeune femme soupira, en levant les yeux.

— Elle me rendra bien folle, un de ces jours !

L'odeur du tabac prenait à la gorge dès que l'on pénétrait dans la grande pièce. Un halo bleuté flottait dans l'air.

De la cuisine, Marie entendit une claque sonner plus fort que les autres, puis le silence se fit. Dans la salle, Adélaïde, à demi renversée sur une table, remettait de l'ordre dans sa coiffure. Devant elle, se tenait le menuisier, goguenard, qui la regardait faire, l'œil vague, le teint brique, pas très bien assuré sur ses jambes.

— Qu'est-ce qui se passe ?

— C'est ce saligaud-là, il se croit malin dès qu'il a un verre dans le nez. Il a essayé de me renverser sur la table, à mon âge, devant tout le monde !

Marie détourna les yeux.

— Mets-le dehors...

L'homme se redressa.

— Et si je veux que je sors... C'est pas deux femelles qui vont me dire ce que je dois faire !

Une gifle claqua de nouveau, déclenchant l'hilarité générale. Adélaïde, debout devant le menuisier, lui montrait la sortie du doigt. Il rit d'un rire sot et se dirigea vers sa place, avec la ferme intention de s'asseoir à table pour terminer son repas. Deux hommes se levèrent alors, au fond de la salle, l'un d'eux lança :

— Elle te dit de sortir...

Pierrot les regarda fixement, voulut répondre d'une phrase péremptoire et définitive, mais n'en eut pas le temps. Il se sentit soulevé de sa chaise sans bien comprendre comment et roula sur le chemin, devant l'auberge, la tête nue et les vêtements en désordre. Il mit un moment à comprendre, regarda autour de lui, vit les deux hommes qui le regardaient en riant, pointa un doigt vengeur vers eux et balbutia :

— On... on se reverra, revenez pas par là, qu'autrement sinon, on se retrouvera...

Le plus âgé des deux répliqua, en riant :

— J'ai fait la Marne, moi, tu sais, alors un petit bonhomme comme toi...

Puis il tourna les talons, sans plus s'occuper du menuisier qui continuait, seul, sous le soleil de ce début d'après-midi, à pester. Dans l'auberge, les rires et le brouhaha reprirent de plus belle.

La nuit commençait tout juste à tomber. Sur la colline, on devinait encore la lumière du jour qui se mourait lentement. Amandine sortit dans le jardin. Derrière elle, on entendait les bruits des casseroles qu'on entrechoque, de l'eau que l'on verse dans un faitout, de la plaque de fonte de la cuisinière que l'on repose, après avoir mis une bûche dans le foyer. Ce soir, les hommes reviendraient. La salle se remplirait de nouveau de rires et de défis un peu puérils. Et elle, petite fille, devrait aller se coucher, avec, en fond sonore, ce brouhaha qu'elle aimait tant. Sur l'autre rive, elle pouvait voir la lueur de la lampe à pétrole, chez Marcellin.

Marie tira la couette bien haut sur le lit. On ne voyait plus dépasser que le nez et le haut du visage de l'enfant, qui prenait un plaisir chaque jour renouvelé à se laisser border par sa mère. Marie posa un bout de fesse sur le bord du matelas, puis la regarda un long moment. Enfin, elle passa sa main sur le front de l'enfant.

— Tu n'as besoin de rien ?

Un courant d'air un peu frais se faufilait par les mille trous du plancher. En bas, un volet claqua. Amandine soupira :

— Si, je voudrais un papa.

La jeune femme rougit légèrement, se força à sourire et resta le bras en suspens au-dessus du visage de sa fille. Puis, lentement, elle reprit son geste tendre.

— Tu sais, ce n'est pas si facile que ça, de trouver un papa.

La fillette ne se laissa pas démonter :

— Et moi, j'en ai bien un, de papa ?

— Oui, tu en as un.

— Alors, pourquoi il est pas là ?

Marie détourna la tête, gênée. Elle regarda vers la fenêtre aux volets clos.

— Il n'est pas là, parce qu'il est... Il est parti, tu le sais bien ?

Amandine semblait maintenant perdue dans ses pensées. Brusquement, sa petite voix brisa le silence pesant :

— Il est parti parce qu'il m'aimait pas ?

Marie caressa la joue de sa fille.

— Non, petite, rassure-toi, il n'est pas parti à cause de toi, mais à cause de moi. Je te l'ai déjà dit. Ne te fais donc pas de souci.

Comment lui avouer que son père ignorait même jusqu'à son existence ? Comment avouer qu'elle était le fruit d'un coup de foudre, d'une nuit sans suite, d'une aventure d'un soir, avec un homme qu'elle attendait, elle-même, depuis maintenant près de dix ans ? Un homme dont elle espérait chaque jour entendre le pas dans l'auberge, un homme qu'elle continuait d'aimer de toutes ses forces, de toute son âme, un homme dont elle ne connaissait que le prénom, Julien, et rien d'autre. Tout ce qu'elle savait de lui, c'était qu'il voyageait, que sa vie l'appelait un jour ici, le lendemain là, et parfois même à l'autre bout du monde. Elle l'imaginait dans la jungle, dans un désert aride, voyageant sur de grands bateaux à voile. Elle y pensait chaque jour, chaque soir, elle aurait tant voulu, elle aussi, un papa pour sa fille. Bien sûr, il y avait bien le menuisier. Mais celui-là, elle s'en méfiait.

Amandine s'endormait tranquillement, le visage apaisé. Marie se leva doucement, saisit sans bruit la bougie et souleva la porte pour ne pas la faire grincer. Dans un demi-sommeil, Amandine murmura :

— A demain, maman.

— A demain.

Puis, après un instant de silence :

— Oublie pas de chercher un papa, hein ?
— Non, je n'oublie pas, je te le promets. Dors bien.

Pierre poussa la porte de son atelier. Il descendit les trois marches qui y menaient, respira l'odeur du sol de terre battue, mêlée à celle du bois et des vernis. Sa tête lui faisait mal. Combien de litres de vin, la veille au soir ? Il ne se rappelait plus. En revanche, il gardait le souvenir cuisant de sa sortie de l'auberge. La rage le reprit, comme la veille, en rentrant chez lui. Une rage teintée de peur. Il se serait bien vengé, mais il savait, au fond de lui, qu'il ne ferait pas le poids. Il donna un coup de pied rageur dans un paquet de planches mises à sécher à plat. Elles s'effondrèrent dans un grand fracas. Marcellin poussa à son tour la porte aux vitres toutes couvertes de poussière.

— Hé bé ! Tu casses tout, à présent ?

Il ne put s'empêcher de rire devant la mine déconfite du menuisier. L'autre lança, rageur :

— Fous-moi la paix ! C'est pas le jour !

L'épicier, pas démonté, fit un pas en avant, laissa aller son regard sur le désordre ambiant et siffla entre ses dents.

— Bé dis donc ! Toi, faut pas t'en promettre, hein ? T'as un sacré bazar là-dedans, non ? Tu devrais peut-être y mettre un peu d'ordre, un de ces jours ?

Pierre se tourna vers lui, le regard noir.

— Je t'ai dit de dégager, tu ne comprends donc pas ?

L'épicier sourit, fit demi-tour et, sur le pas de la porte, lança en riant :

— Dis donc, à ce qu'il paraîtrait qu'hier soir, tu aurais pris un coup de pied au cul, chez la Marie ?

Marcellin eut juste le temps d'éviter le maillet qui vint fracasser une des vitres de la porte. Pierre éructa :

— File, je te dis, file...

L'épicier prit le temps de refermer avec précaution, regarda par le carreau cassé, passa la main au travers et dit, d'un ton badin, avant de tourner les talons, sa canne à la main :

— Fais un vœu, c'est le moment.

Puis il s'éloigna lentement, en sifflotant. Il eut encore le temps d'entendre Pierre lancer quelques jurons avant de faire claquer la porte de sa boutique. Ce coup de pied au cul, le pauvre Pierre risquait d'en entendre encore parler un moment. Avant la fin de la journée, tout le village le saurait, d'où sa colère.

Amandine ouvrait à peine les yeux. Elle reconnut, dans l'escalier, le pas lourd de son autre tante, Emeline. De la cuisine lui parvenait le bruit de la pompe qui menait l'eau sur l'évier de pierre. Sans doute sa mère commençait-elle déjà à préparer le repas de midi. Emeline entra dans la chambre.

— Amandine, il est l'heure de se lever.

La fillette se dressa sur un coude, rejeta sa couette et se passa les mains sur le visage. Emeline lui tendit un gilet de mauvaise laine et l'aida à s'habiller. Quand elle poussa la porte de la cuisine, Marie se retourna en souriant. Elle se pencha pour embrasser l'enfant, sans cesser de tisonner le fourneau. La cuisine sentait encore le froid de la nuit.

— Alors, prête pour l'école ?
— Oui.
— Tu veux que je t'accompagne ?

La fillette secoua la tête.

— Non, maman, j'irai avec Jules.

Marie sourit de nouveau. Le garçonnet habitait un peu plus haut, une maison isolée, sur le chemin qui menait au plateau. Les deux enfants, été comme hiver, se retrouvaient chaque jour pour finir le chemin ensemble, jusqu'au bourg, jusqu'à la salle de classe, qui accueillait une dizaine de gamins des environs.

— C'est toi ce matin qui te charges du poêle de l'école ?

— Non, maman, c'est le fils à Elie, du Chambon.

Chaque jour, à tour de rôle, les enfants devaient arriver un peu à l'avance afin d'allumer le feu dans la salle de classe, aider l'instituteur à apporter les bûches de la journée et remplir les encriers de verre, dans les pupitres.

Un instant plus tard, Amandine, son cartable à bout de bras, calait son pas sur celui du garçonnet qui portait une écharpe rouge trop grande pour lui. Elle aurait bien aimé avoir, elle aussi, une grande écharpe rouge.

— Et ton papa, il est toujours pas revenu ?

— Non, pas encore. Mais il va revenir.

— Tu crois ?

Amandine réfléchit un instant avant de laisser tomber, comme une évidence :

— Forcement, c'est l'amoureux de maman !

Campé devant son épicerie, Marcellin observait les enfants en souriant. Il aimait les regarder passer, le matin, de leur pas rapide et sautillant.

Parfois, il leur tendait un bonbon ou un biscuit qu'ils se dépêchaient de manger, de peur que l'instituteur ne le leur confisque. Ce matin-là, il se contenta de les saluer et se hâta de rentrer dans la boutique, aiguillonné par sa femme, qui appelait de sa voix haut perchée. Il referma la porte en jetant un dernier coup d'œil à l'extérieur. Dans un instant, la religieuse économe serait la première cliente avec, à la main, une liste de courses sur laquelle serait inscrite rigoureusement la même chose que la veille, mais qu'elle renouvelait néanmoins chaque jour, scrupuleusement. Elle la tendrait à Marcellin en disant de sa voix douce et mesurée :

« Je repasserai dans une heure, quand vous aurez eu le temps de me préparer ma commande. »

Marcellin avait bien essayé de lui expliquer que la commande, il pouvait la préparer d'avance puisque c'était tous les jours, ou presque, la même et qu'ainsi la bonne sœur pourrait s'épargner de revenir une seconde fois au village. Mais rien n'y faisait, et la religieuse, invariablement et avec la régularité d'une horloge, venait apporter sa liste puis rechercher sa commande. Après tout, peut-être y trouvait-elle son compte et ces deux sorties lui permettaient-elles de s'échapper de l'univers confiné et un peu austère du couvent.

Marcellin tirait à lui la porte qui menait à la cave, sous la boutique, quand il entendit la trappe d'eau du menuisier s'ouvrir. Ce matin, la grande scie allait tourner.

2

Le soleil chauffait tant les galets que l'on pouvait à peine y marcher dessus pieds nus. Les deux enfants barbotaient dans dix centimètres d'eau, sous le regard effrayé de Marie, qui ne savait même pas nager. Seuls les hommes qui devaient pêcher ou naviguer savaient le faire. Amandine aussi. Cela, elle le devait à l'instituteur du village. Depuis qu'il enseignait là, il passait de longs moments, en dehors des heures de classe, à faire découvrir les joies de la Dordogne aux enfants. Quelques murets de pierre avaient été bâtis dans l'eau, en carré, à quelques mètres de la berge, pour que les enfants puissent se baigner sans les dangers du courant. Mais Marie ne quittait pas sa fille des yeux, incapable d'imaginer que la fillette ne courait aucun danger. Elle ne pouvait s'empêcher, à chaque instant, de se lever en criant :

« Amandine, ne t'éloigne donc pas tant... Amandine, reviens... Amandine, tu vas te mouiller... Amandine, prends garde... »

Et la fillette riait, faisait mine de ne pas entendre et continuait de chasser à la main les petites loches qui se réfugiaient sous les galets brillants. Marie surveillait les enfants avec, au creux du ventre, l'envie, elle aussi, de retrousser sa longue robe pour mettre les pieds dans l'eau. Mais elle n'osait pas, les femmes, ça ne se baigne pas, en tout cas, pas comme ça, devant tout le monde.

Amandine se redressa en riant. Elle tenait un minuscule poisson tout noir, au corps trapu, qui se débattait entre ses doigts. Elle vint le montrer à sa mère avant de le remettre à l'eau.

Un peu plus haut, on entendait la scie de Pierre qui tournait puis, plus loin dans la montagne, les coups d'un bûcheron. Le bois qu'il débitait partirait à l'automne, ou à la fonte des neiges, sur la rivière, jusqu'en Gascogne.

Emeline se campa devant la porte menant au potager, les mains sur les reins. Elle regarda longuement la rivière, en contrebas. Elle devinait la silhouette de sa nièce et celle, fine et gracieuse, de sa sœur, assise dans l'herbe. Elle releva une mèche de cheveux. Ses mains sentaient le savon. La cuisine brillait et le sol de tommettes rouges finissait de sécher dans les courants d'air. Dans la grande salle, quatre vieux terminaient une partie de cartes, sans presque un mot. Le tic-tac de la pendule donnait au silence une ampleur inattendue. De temps en temps, un des joueurs grognait, levait son verre rempli à ras bord d'un mauvais vin rouge et y trempait les lèvres avec délicatesse.

Adélaïde, dans un coin de la pièce, observait la scène avec détachement, comme si elle ne se sentait pas concernée. Elle aimait ces moments de relâchement dans la journée, ces instants où le parfum de la pièce prenait une légèreté qu'il perdrait dès que les hommes, au soir, reviendraient avec leurs cigarettes, leurs pipes et leurs verres d'alcool. Pour l'instant, des odeurs de cire, de tabac froid et de rivière, un peu de la poussière de la route aussi, composaient un parfum unique. Un des joueurs rallumait sans cesse un bout de mégot qui pendait à ses lèvres, sans pour autant poser son jeu.

Un bruit de pas sur le chemin. Adélaïde releva la tête. A travers les rideaux soigneusement empesés, elle devina la silhouette de Marcellin.

L'épicier tourna la tête vers l'auberge. Il brûlait d'envie de s'y arrêter, mais sa femme lui aurait fait une telle guerre qu'il préféra continuer sa route. Adélaïde haussa imperceptiblement les épaules. Un des joueurs lui lança un regard en coin. Le manège ne lui avait pas échappé. Il murmura :

— Quel couillon !

— De qui que tu parles ? lança son voisin.

— Du Marcellin ! Il a peur de sa femme, celui-là, que même si elle était morte, il oserait pas encore entrer ici !

Il haussa les épaules, sourit de nouveau, lança une carte sur la table. Le plus vieux releva la tête vers Adélaïde en désignant du regard les quatre verres. Elle se leva sans hâte, passa derrière le comptoir. On entendit la bouteille tinter dans le bac de zinc. Un des vieux comptait, dans une petite bourse sans forme, quelques pièces de monnaie pour payer son verre. Par la porte de la cuisine ouverte, on entendait parfois monter jusqu'à l'auberge les rires des enfants qui, à présent, s'aspergeaient d'eau, sous les cris de Marie.

Assis sur son tas de sciure, Pierre roulait une cigarette, un sourire en coin, les coudes posés sur les genoux. Derrière lui, la scie ralentissait sans fin. On aurait dit qu'elle ne devait jamais s'arrêter. La silhouette de la religieuse se dessinait plus haut, sur le chemin. Elle avançait d'un pas un peu dodelinant, sa cornette secouée par la marche. Quand elle passa à sa hauteur, il siffla comme un gavroche, la langue entre les lèvres. La religieuse sursauta et fit mine de n'avoir pas entendu. Il recommença.

Elle s'arrêta net, tourna la tête et lança, de sa voix haut perchée :

— Je vous ai déjà dit de ne pas faire ça, jeune homme ! La mère supérieure ne le veut pas !

Pierre sourit, la fixa sans ciller et avança les lèvres comme pour un baiser, en clignant de l'œil. La religieuse haussa les épaules et reprit son chemin, le buste droit, la tête haute, sans plus se retourner. Le menuisier riait de bon cœur en dévalant son tas de sciure, avant d'allumer sa cigarette avec un vieux briquet fumant noir.

Plus haut, Marcellin l'épicier se prélassait sur le pas de sa porte. Les yeux mi-clos, comme un gros chat qui profite du soleil. Il dut se résoudre à se lever en apercevant sa cliente au bout de la ruelle. De l'autre côté de l'eau, les deux enfants continuaient de jouer sur les galets, trempés des pieds à la tête. Il aurait tant aimé, lui aussi, pouvoir aller s'amuser sur les galets brûlants. Mais la voix aigre de sa femme, qui l'appelait du fond de la boutique, le rappela à l'ordre :

— Marcellin, tu donneras sa commande à sœur Suzanne ! Elle est sur le comptoir !

Il rajusta son tablier gris. La sœur économe posait son panier devant lui et, en épelant la commande au fur et à mesure, il le remplit, comme tous les jours sous l'œil méfiant de la religieuse. Au moment de sortir, elle lança, d'un ton qui se voulait péremptoire :

— Vous ferez dire à votre jeune ami, le menuisier, de bien vouloir arrêter ses familiarités. Sinon, la supérieure pourrait bien écrire à l'évêque !

Marcellin retint un rire en pensant à la tête du gros évêque qui aimait tant la bonne chère et la vie, s'il venait à recevoir une telle missive. Il en aurait ri le premier. Mais les pauvres femmes, enfermées à l'année entre leurs murs humides, se faisaient un monde du monde, même si elles avaient, autrefois, passé du temps à parcourir les routes pour aller soigner les malades des environs. Aujourd'hui, seules les bonnes sœurs à la retraite vivaient là.

Marcellin aperçut Pierre sur le pont suspendu, en route vers l'auberge. Le soleil commençait à mordre le haut de la colline, à l'ouest. De l'autre côté de la rivière, les deux enfants ne lançaient plus leurs cris. Marie devait être occupée à sécher sa fille en la grondant gentiment. Dans une heure, il y aurait du monde chez les trois sœurs, et les voix des hommes enfleraient à mesure que les verres se videraient. Puis la nuit tomberait. Marcellin soupira et retourna s'asseoir devant sa boutique, pour regarder le soleil disparaître derrière la colline.

Deux hommes sortirent de la voiture noire. Elle venait de se garer dans un nuage de poussière. Amandine se réfugia contre la jupe de sa mère, ses longues couettes blondes battant son dos. Marie se força à sourire. Le plus jeune, une paire de lunettes rondes à grosse monture sur le nez, demanda, avec un drôle d'accent pointu :

— S'il vous plaît, louez-vous des chambres pour la nuit ?

Marie le regardait, sans pouvoir détacher son regard des cheveux du jeune homme, soigneusement tirés en arrière, brillants de gomina. Il demanda, de nouveau :

— Madame, louez-vous des chambres ?

Elle revint à la réalité en sursautant.

— Je, oui, bien sûr... bien sûr. C'est... c'est pour dormir ?

Puis, devant l'incongruité de sa question, elle rougit violemment. Le plus âgé des deux, une cigarette à bout doré fumant entre les lèvres, sourit doucement. Le jeune inconnu insista :

— Oui madame, bien entendu, c'est pour passer la nuit.
— C'est... c'est que... Je crois, oui. Je vais demander à ma sœur.
Puis, après un temps :
— Mais... finissez d'entrer.

Ce soir-là, l'ambiance fut plus calme. Les hommes fumèrent moins, parlèrent moins haut, burent peut-être un peu moins, aussi. Près de la cheminée, les deux voyageurs discutaient à voix basse, toutes sortes de papiers étalés devant eux. Une feuille plus grande que les autres, maintenue par deux cendriers, occupait toute l'extrémité de la table. Le plus âgé passait souvent sa main dans ses cheveux gris, comme pour rectifier une mèche rebelle sur son front. Il fumait cigarette sur cigarette.

Marie ne pouvait en détacher son regard. Quel âge pouvait-il avoir ? Cinquante ans, soixante ans ? Plus ? Elle ressentait un trouble étrange à le regarder tenir sa cigarette du bout des doigts, des doigts aux ongles soigneusement entretenus, des mains blanches et fines. Son compagnon, lui, sortait parfois un peigne d'écaille de la poche de son veston pour se recoiffer d'un geste machinal. Ils paraissaient ne pas voir le monde qui les entourait. Le brouhaha de la salle ne semblait pas les déranger. Ils touchaient à peine à leurs assiettes.

Emeline, dans la cuisine, lança à sa sœur, d'un air moqueur :
— Il te plaît bien, le vieux, hein ?
Marie rougit puis répliqua, d'un ton mal assuré :
— De qui parles-tu ?
— Du vieux, avec le jeune, près du cantou. Tu le quittes pas des yeux !
Elle haussa les épaules.

— Tu dis n'importe quoi.

Puis elle poussa la porte de la grande salle, se forçant à ne pas tourner la tête vers la cheminée, comme pour donner tort à sa sœur.

Qui le premier se mit à parler plus fort ? Pierre, éméché, se tenait dos au comptoir, les coudes posés dessus, dans une pose un peu ridicule. Il fixait la bouteille de gnôle devant les deux hommes. Marie avait sorti à leur intention deux petits verres ouvragés et délicats.

— Il y en a qui ont droit à des verres de bonnes femmes !

Le plus vieux des deux voyageurs tourna à peine la tête et se replongea dans ses papiers.

Le menuisier continuait :

— Il faut bien ça, qu'autrement sinon, ils se saouleraient !

Marie s'agitait derrière le comptoir. Adélaïde passa le bout de son nez par la porte de la cuisine.

— Pierre, tais-toi !

Il tourna les yeux vers le fond de la salle, un sourire bête aux lèvres, siffla son verre d'un coup et fit signe à Marie de le remplir à nouveau. Puis, les yeux rivés sur les deux voyageurs, il lança :

— Et d'abord, c'est quoi, vos prénoms ? Moi, c'est Pierre...

L'homme aux cheveux gris releva la tête, fixa un long moment le menuisier de son regard clair, puis se désintéressa de lui sans prendre la peine de répondre. L'autre revint à la charge :

— C'est que ça répond même pas, c'est trop fier pour parler avec un paysan, c'est ça ?

Adélaïde vint se camper devant le menuisier, un torchon humide sur l'épaule. Les voix s'étaient tues. Pierre, conscient de s'engager sur une voie glissante, fit le tour de la salle des yeux, le front en nage.

— Vous dites rien, tous, hein ? Parce que c'est des « de la haute » ?

S'adressant à Adélaïde :

— Toi, tu arrêtes de me regarder comme ça, hein ? Tu crois qu'j'ai peur ?

— Tais-toi donc, tu déparles ! Tu nous fais honte à tous... Tu te prends pour qui ? Tu oublies que tu es chez moi, ici !

L'alcool le rendait mauvais. Il continuait de fanfaronner :

— Toi, tu ne me fais pas peur.

Puis, repoussant l'aubergiste, il toisa de nouveau les deux hommes. Le silence se fit. Le plus jeune des deux voyageurs posa sa main sur le bras de son compagnon.

— Monsieur Jean, laissez faire. Je m'en occupe.

Mais ce dernier, dégageant son bras, se leva avec lenteur, dévisagea un long moment le menuisier, qui ne disait plus rien. Saisissant la bouteille de gnôle posée devant lui, il vint la poser sur le bar. Il se tourna vers Marie et murmura, dans un sourire :

— Vous serez gentille de me donner deux verres ordinaires.

Il se tut, le regard toujours vissé dans celui du menuisier. Une voix lança en patois, pour que les deux étrangers ne comprennent pas :

— Fais pas le mariolle, mon gars, il a pas l'air commode !

— Tais-toi donc, et laisse-moi tranquille, lui répondit Pierre sans se retourner. Si tu crois que j'ai peur...

— En attendant, t'es bien couillon ! Qu'est-ce que tu cherches avec lui ?

Pierre n'eut pas le temps de répondre. Monsieur Jean posait sur le comptoir les deux verres que lui tendait Marie, débouchait lentement la bouteille d'alcool avant de les remplir avec précaution. Il en tendit un au menuisier qui s'en saisit maladroitement, et toujours sans un mot, le regard fixe, il leva le sien et le vida cul sec. Pierre resta un instant indécis, jeta un coup d'œil à ses compagnons, qui maintenant ne disaient plus rien, leva lentement le verre jusqu'à ses lèvres, hésita un bref instant et se résolut à faire comme le vieil homme. On le vit d'abord pâlir, puis instantanément rougir. La sueur perla d'un coup à son front, son cou se gonfla et un violent hoquet le secoua. Il toussa, hoqueta de nouveau et, le regard soudain vitreux, voulut dire quelque chose de définitif. Les mots ne sortirent jamais de sa bouche. Monsieur Jean remplissait de nouveau les verres. Pierre, dans un geste de défi, leva le sien sans attendre et le vida sans respirer. Adélaïde s'approcha.

— Monsieur, je vous en prie, vous allez le tuer !

Le menuisier voulut répondre mais, une fois de plus, seul un gargouillis sortit de sa bouche. Monsieur Jean vidait de nouveau son verre, l'œil parfaitement clair. On commençait à le regarder avec une certaine admiration. L'alcool ne paraissait pas lui faire plus d'effet qu'un verre d'eau. Il restait là, debout, devant son adversaire chancelant. On vit alors Pierre glisser lentement le long du comptoir, dans un bruit de verre brisé. Marie se précipita pour le retenir.

— Cette fois-ci, il en a pour un moment !

— Tais-toi donc, Maurice, fit Marie, mécontente du tour que prenait la situation.

Elle se redressa vers monsieur Jean.

— Vous êtes content de vous ? Vous avez vu ce que vous avez fait ? Et s'il ne se réveillait pas ?

Alors, pour la seconde fois seulement depuis le début de l'altercation, on entendit la voix grave et posée de l'homme aux cheveux gris :

— Une prochaine fois, surveillez-le mieux. Il tient mal l'alcool, votre ami.

Les conversations reprirent tout doucement. Au fond de la salle, le jeune homme souriait en se repassant un coup de peigne. Adélaïde soupira :

— Et maintenant, comment on le ramène chez lui, cet imbécile ?

Un client se leva, lança :

— Je vais chercher ce qu'il faut, je reviens !

C'est ainsi qu'on put voir passer, à la lueur de la lune, un homme affalé dans une brouette, poussée par un gaillard trapu et pestant.

Le lendemain, personne ne vit Pierre de la journée. A l'auberge, monsieur Jean et son compagnon s'étaient de nouveau installés au fond de la pièce, pour se pencher sur leurs cartes. Emeline aurait donné cher pour savoir ce qu'ils faisaient là. Mais elle n'osait pas le demander. Ce n'est qu'en passant à table, à midi, que monsieur Jean dit :

— Avez-vous des nouvelles de votre ami d'hier au soir ?

— Non, monsieur.

Il sourit doucement, releva une mèche sur son front et murmura :

— N'empêche, il ne tient pas bien l'alcool. Il ne devrait pas faire le malin comme ça, le soir !

Emeline, comme pour le défendre, fit, d'une voix un peu timide :

— Il est encore jeune...

Monsieur Jean n'écoutait déjà plus.

Amandine regardait sa mère coudre, assise face à la cheminée, devant le feu mourant. On l'allumait malgré les beaux jours. Marie aimait s'asseoir là, le soir. Elle aimait l'odeur de la cheminée, son crépitement aussi, et puis elle y retrouvait un parfum d'enfance, quand, dans la grande maison du plateau, la servante la berçait sur ses genoux, le soir, au coin du feu. Amandine regardait les mains blanches aux doigts secs et doux, des mains de mère, des mains de femme, son visage aux traits fins et réguliers, aux pommettes toujours colorées. Elle la trouvait belle. Une lampe à pétrole éclairait à peine son ouvrage, une fine broderie tendue sur un tambour. Amandine aurait aimé savoir broder, elle aussi. Elle regardait l'aiguille aller et venir avec ses fils de coton multicolores. Elle aimait ces petites pelotes de toutes les couleurs que Marie renouait soigneusement après les avoir déroulées. Non loin, on entendait les murmures de monsieur Jean et de son compagnon. Marie se retenait de les regarder, surtout monsieur Jean, qui l'impressionnait un peu. Le plus jeune portait un nom qui faisait sourire la fillette : Clanche. Le murmure des voix la berçait. Elle sentait venir le sommeil. Marie l'observa à la dérobée.

— Tu es fatiguée ?

Sa fille ne répondit pas, les yeux dans le vague. Les murmures venaient de cesser. Marie sentait sur elle les regards des deux hommes qui, leurs grandes cartes sous les yeux, noircissaient des feuilles et des feuilles de notes. Elle demanda de nouveau :

— Veux-tu monter te coucher ?

Amandine répondit, à demi endormie :

— Tu reviens ici, après ?

Marie rougit et bafouilla :

— Je... oui, peut-être bien, oui...

— Alors je préfère t'attendre.

— Mais... tu tombes de sommeil !

La fillette secoua la tête et chuchota :

— Je veux pas rester seule, là-haut.

Le murmure avait repris. Quelle heure pouvait-il être ? L'odeur de tabac s'estompait lentement. Monsieur Jean venait d'écraser sa dernière cigarette par terre, sur le plancher. On entendait aller et venir Adélaïde, au-dessus d'eux. Les hommes du village avaient semblé gênés par la présence des deux voyageurs. Ce soir, les rires manquaient de spontanéité, les discussions de force. Pierre n'avait pas paru. Sans doute finissait-il de cuver ou de se remettre de sa saoulerie de la veille. Peut-être aussi n'osait-il tout simplement pas se présenter ?

Marie noua d'un geste sec le dernier fil qui dépassait sous sa broderie. Elle se leva en soupirant.

— Vous restez encore un peu ?

Monsieur Jean releva la tête.

— Oui, pardonnez-nous, nous n'avons pas terminé.

— Vous écarterez le feu ?

L'homme releva de nouveau le visage, l'air ailleurs.

— Oui, ne vous souciez pas de cela, nous le ferons.

Puis, alors que Marie allait sortir, monsieur Jean demanda, d'un ton distrait :

— Vous serez gentille de me laisser la bouteille de gnôle et deux verres ?

En parlant, il posait la main sur son paquet de cigarettes et saisissait une boîte d'allumettes qu'il ouvrit d'une seule main. Marie ne pouvait détacher son regard des gestes et de l'attitude de cet homme encore athlétique. Longtemps, avant de s'endormir, elle les imagina, tous les deux, penchés sur la table couverte de documents. Elle aurait tant aimé savoir ce qu'ils calculaient et pourquoi ils ne semblaient pas vouloir partir de l'auberge.

De sa chambre, Amandine écoutait les sons qui montaient de la cuisine. Adélaïde lavait le sol à grande eau et le bruit du seau en métal résonnait dans toute la maison.

Sans sortir de son lit encore chaud, elle ferma les yeux et se remémora les sons entendus dans la nuit. Il faisait noir depuis longtemps quand elle avait deviné le glissement de pas que l'on voulait étouffer, ceux des deux hommes restés tard à travailler. Marie, en les entendant, s'était dressée sur un coude, l'oreille aux aguets. Puis, en soupirant, elle avait marmonné une phrase indistincte avant de se rendormir. Amandine, elle, resta encore un long moment éveillée à guetter, un peu apeurée, ces drôles de bruits qui provenaient de la chambre des deux voyageurs. La lumière perçait à travers les volets mal clos. Des pas dans l'escalier. Un pas lourd, lent, un pas qu'elle ne connaissait pas. Une voix grave qui murmurait des mots courts. Un instant après, une chaise racla le sol de la grande pièce. L'enfant entendit sa tante ouvrir le buffet, toujours impeccablement ciré. L'instant d'après, un tintement de couverts lui disait qu'elle dressait la table pour le petit déjeuner. De nouveau un bruit de pas, plus léger. Marie ouvrait la porte en prenant soin de ne pas la faire grincer. Elle passa la tête, les cheveux noirs tout défaits.

— Tu étais où, maman ?

Sans répondre, celle-ci demanda :

— As-tu bien dormi ?

Amandine rejetait son édredon. Elle enfilait un petit gilet de laine, les pieds nus sur le plancher disjoint.

— Eh bien ! Tu ne réponds pas ?

La fillette regardait à présent sa mère en biais. Elle demanda de nouveau :

— Tu étais où ?

Marie se troubla un instant, puis finit par dire, dans un sourire forcé :

— J'étais en bas, à aider Adélaïde...

Alors, de sa minuscule voix pointue, Amandine laissa tomber :

— Alors pourquoi tu t'es pas encore coiffée ?
— Je... j'ai pas eu le temps, voilà tout, pas eu le temps. A présent, viens-t'en déjeuner, il fait déjà beau. Tu vas pouvoir aller jouer dehors, si tu veux.

Emeline travaillait déjà au potager. Amandine vint se poster devant la barrière de bois, un quignon de pain à la main. Sa tante tourna la tête.

— Tu viens m'aider, petinote ?
— J'arrive, tata, je vais chercher la binette.

Le soleil commençait à peine à caresser le haut de la colline, à l'est. Une fine bande de lumière éclairait le haut de la montagne, de l'autre côté de la rivière. La cloche du couvent sonnait la première messe et on entendait, par-dessus le bruit de la rivière, la scie de Pierre qui démarrait.

Marie, debout devant la table de la grande pièce, regardait monsieur Jean déjeuner sans un mot. Il tournait de temps à autre le visage vers elle et lui souriait imperceptiblement. Elle se risqua à demander :

— Vous restez là encore quelques jours ?

Il grogna, plus qu'il ne répondit :

— Je ne sais pas. Peut-être, oui.

Marie insistait :

— Et vous... vous venez de Paris ?

Monsieur Jean acquiesça.

Adélaïde passa le visage par la porte de la cuisine et regarda durement sa sœur. Marie fit mine de n'avoir rien vu. Elle continuait :

— Et tous ces papiers... ?

Monsieur Jean releva alors lentement les yeux, des yeux rieurs, presque moqueurs. Il sourit et glissa :

— Vous êtes bien curieuse, madame...

Marie rougit, se sentit ridicule, serra un peu plus fort le torchon qu'elle tenait à la main et se retint de taper du pied de rage. Elle tourna les talons et fit claquer la porte de la cuisine derrière elle.

— Et voilà, tu es contente, à présent ?

Adélaïde, face à sa jeune sœur, la toisait, le regard sévère. Elle reprit :

— Combien de fois faudra-t-il te le dire ? Les clients qu'on ne connaît pas, il ne faut pas trop leur parler, c'est tout.

Pour ne pas avoir à répondre, Marie noua autour de sa taille un tablier et plongea les mains dans le panier de légumes posé sur la table de bois brut.

— Laisse-moi donc, si on ne peut plus parler !

Un *toc toc* timide, à la porte de la cuisine ; le battant s'ouvrit doucement.

— Je... je vous demande pardon. Je vous ai froissée ?

Monsieur Jean, souriant, passait le buste dans la cuisine, le reste du corps un peu en retrait. Adélaïde s'empressait :

— Pardonnez ma petite sœur, monsieur, elle est toujours curieuse. Vous avez besoin de quelque chose ?

— Non, je voulais juste m'excuser de vous avoir froissée.

Puis, comme on ne l'invitait toujours pas à entrer, il ajouta, dans un sourire :

— Ces papiers, madame, ce sont des plans sur lesquels nous travaillons, avec mon jeune collègue.

Ce fut au tour d'Adélaïde de le questionner :

— Des plans ? Et de quoi ?

— Des plans pour faire une usine d'électricité.

Marie, vexée, épluchait ses légumes sans plus paraître s'intéresser à la discussion. Sa sœur insista :

— De l'électricité ? Mais il n'y a rien d'autre que les bois et la rivière, ici ! Et vous irez la prendre où, cette électricité ?

Alors, dans un geste qu'il voulait un peu théâtral, monsieur Jean avança d'un pas et désigna, par la porte restée ouverte, la rivière au loin.

— Dans l'eau, madame, dans l'eau.

Les deux femmes se regardèrent, incrédules. Marie haussa les épaules. Adélaïde, gênée, fit, d'un ton pincé :

— Et, sinon, il vous fallait autre chose ?

L'homme éclata de rire, ouvrit en grand la porte et lança en riant :

— Mais oui, dans la rivière, avec des turbines ! Vous verrez, bientôt, ici, vous pourrez vous éclairer à l'électricité, comme en ville... comme en ville !

Puis il tourna les talons et se réinstalla devant son petit déjeuner. Son compagnon descendait à son tour, le pas hésitant, le teint brouillé.

— Eh bien ! La gnôle ne vous vaut rien, avant le coucher, vous, hein ?

Clanche murmura d'une voix atone :

— Vous voulez bien parler moins fort, j'ai si mal au crâne...

— Vous êtes bien douillet ! Allez, venez manger un peu, ça vous redressera.

Mais le jeune homme, la main sur l'estomac, examinait la table avec sur le visage une moue de dégoût.

— Je ne sais pas si je pourrai...

Monsieur Jean, sans se démonter, tira une chaise vers eux et lui fit signe de s'asseoir. Clanche se laissa tomber dessus et, la tête dans les mains, resta un long moment sans bouger, à lutter contre une nausée qui ne le quittait pas depuis le réveil.

3

Sur le pré en aval de l'auberge, Adélaïde finissait de dresser des tables de fortune montées sur des tréteaux. Elle tentait de faire tenir sur la plus grande une nappe blanche que le vent retournait sans cesse. De la cuisine, on entendait les cris et les rires de Marie et d'Emeline qui se moquaient gentiment de la religieuse venue leur donner un coup de main. Sur le pas de la porte, Amandine regardait sa mère couper les grandes tourtes de pain cuites pour l'occasion dans le four, à côté de chez Marcellin. L'enfant observait, ne perdait rien de ce qui se passait, sans se montrer, sans faire trop de gestes, afin de rester le plus discrète possible. Il faisait déjà chaud. L'épicier, pour une fois, avait obtenu l'autorisation de sa femme de venir aider à préparer la fête. Comme tous les ans, la Sainte-Madeleine réunirait toute la commune. On viendrait même des villages alentour, de ceux de la vallée, mais aussi du plateau, là où les maisons semblent uniquement construites pour résister au froid, à la neige et au vent d'écir[1].

La procession partirait dans une petite heure de l'église trapue du couvent. Elle longerait le bâtiment conventuel blanc qui surplombait la Dordogne de ses deux étages massifs, des murs faits pour résister au froid et à l'humidité.

---

1. Vent de neige qui souffle presque horizontalement.

Marie et ses sœurs se hâtaient de terminer pour aller ensuite s'habiller « en dimanche » afin de paraître les plus belles à la sortie de la messe. Cette Sainte-Madeleine-là ne ressemblerait en tout cas pas aux fêtes d'avant-guerre. Cette année encore, on compterait plus de femmes que d'hommes. Seuls quelques-uns avaient pu reprendre leur place. Cette année, ils se contenteraient d'observer les femmes occupées à organiser la cérémonie sans presque faire appel à eux. Marcellin restait un des rares à pouvoir encore donner un coup de main, malgré sa jambe raide. Dans la grande salle de l'auberge, il poussait les tables sur les côtés, rangeait les chaises le long des murs. Ce soir, on danserait là. La poussière du plancher volerait sous les coups de sabots et de godillots des danseurs de bourrée. Lui ne pouvait plus danser. Sa femme était restée à la boutique et il pouvait enfin vivre un peu, sans craindre ses réprimandes incessantes.

— Je monte, Emeline.
— Eh bien ! Et mais, le pain, qui va finir de le préparer ?
— Je dois habiller la petite !
Emeline jeta un coup d'œil à la fillette en souriant.
— Amandine, oui, bien sûr. Et pendant ce temps, moi, je coupe le pain et je le descends toute seule ?
Marie répondit, dans un grand rire :
— Oui, et même, tu n'oublieras pas de mettre un linge dessus, que les oiseaux aillent pas nous le boulotter pendant la messe !
Emeline marmonna, un peu agacée :
— Elle a bon dos, la petite.
Marie saisit la main de sa fille et l'entraîna en riant.
— Viens donc, toi, sinon tu vas finir par nous mettre en retard.

Assis sur le banc derrière l'auberge, monsieur Jean et Clanche observaient tout ce remue-ménage sans paraître comprendre ce qui se préparait. Leur grosse auto noire brillait, devant la bâtisse, sous le soleil de cette fin de matinée. Monsieur Jean avait tenté un timide « Et pour ce midi, pour manger... ? », sous le regard noir d'Adélaïde, qui avait paru trouver cette question particulièrement déplacée.

Les deux hommes préférèrent ne pas insister. Clanche ne portait pas de cravate et, à bien y regarder, on aurait pu voir ses souliers délacés et ses pieds sans chaussettes. Depuis quelques jours maintenant, il découvrait un monde qu'il ne soupçonnait pas quelques semaines auparavant, et, ma foi, ce monde semblait lui plaire de plus en plus. Autant monsieur Jean restait tiré à quatre épingles, même s'il suait à grosses gouttes sous son veston, autant lui se rêvait les pieds nus dans l'herbe, le pantalon retroussé et la chemise ouverte, les manches relevées, comme ces hommes qu'il voyait défiler à l'auberge, en les enviant un peu. Il se tourna vers son patron.

— Vous croyez qu'il nous faudra aller à la messe, tout à l'heure ?

Son collègue se tourna d'un bloc, les lèvres pincées. Clanche pâlit et balbutia :

— Euh... Ce que j'en disais, moi, hein ?...

Monsieur Jean, l'air sévère, laissa tomber :

— Et pourquoi pas aller barboter dans l'eau, non plus ?

Et pourquoi pas, oui, pourquoi pas ? pensa le jeune homme, sans oser le dire à haute voix. Il aurait donné cher pour ne pas devoir suivre tout le monde jusqu'à l'église blottie au cœur du couvent, au pied de la colline, et pour partir seul, marcher le long de la berge, à regarder couler la rivière, à l'écouter couler, aussi, tant sa force le fascinait. Plus le temps passait, et plus il se sentait chez lui, dans ce bout de vallée à peine desservi par un chemin de rive poussiéreux.

Il se tourna de nouveau vers son aîné.

— Et que fêtent-ils, en somme ?

— Je crois que c'est sainte Madeleine, la sainte des bateliers, répondit monsieur Jean, le regard fixe.

— Il y a des bateliers ici ?

Il y eut alors un blanc, un silence que rien ne semblait devoir troubler, puis monsieur Jean soupira :

— Oui, pour l'instant, il y en a encore.

Clanche demanda alors, timidement :

— Mais, après, comment feront-ils ?

— Après, ils ne feront plus. Que croyez-vous ?

Le silence retomba, que ni l'un ni l'autre ne voulurent rompre. Ce fut Marie qui les fit sortir de leur mutisme en passant, toute pimpante, devant eux.

— Alors, vous venez ? La messe va bientôt commencer, et les bonnes sœurs n'aiment pas quand on est en retard...

Dans la petite église, on se tenait serrés. La chaleur faisait monter une buée bleutée sur l'assistance. Aux premiers rangs, les religieuses, la cornette bien empesée sur la tête, suivaient la cérémonie avec ferveur. Mais plus on approchait de la porte et plus les paroissiens se montraient impatients de rejoindre l'autre rive, pour profiter de cette journée entre ripailles et procession. On fêterait bien entendu sainte Madeleine dignement mais, sitôt la cérémonie terminée, chacun se précipiterait vers le pré en contrebas de l'auberge.

Pour une fois, Pierre portait l'habit du dimanche, celui légué par son père et qui le faisait ressembler à un croque-mort plus qu'à un jeune marié. Il se tenait au fond de l'édifice, à une place qu'il n'avait pas choisie au hasard.

De là, il pouvait guetter Marie et, si elle voulait bien tourner, au moins une fois, le visage vers lui, planter son regard dans le sien. Mais elle prenait bien garde de n'en rien faire, consciente de ces coups d'œil incessants qui l'amusaient et l'agaçaient à la fois. Pierre, convaincu de son pouvoir de séduction, pensait que cette journée lui permettrait, enfin, d'accrocher à son tableau de chasse la belle Marie, si rétive jusqu'à présent.

Un bruit de pas fit se retourner une partie de l'assistance, au moment où le prêtre levait le calice. Pierre, en se penchant en arrière, crut reconnaître la silhouette élancée de monsieur Jean et celle, plus courte, de Clanche, qui passaient une tête timide par la porte grande ouverte. Marie rougit un peu en les apercevant. Devant l'assistance, les religieuses entonnaient un cantique, repris maladroitement par les fidèles. Clanche se tourna vers son compagnon.

— Ça n'est pas encore l'opéra !

Monsieur Jean lui lança un regard amusé.

— Taisez-vous donc, Clanche, un peu de respect...

Marie, de nouveau tournée vers eux, rougissait de plus belle, en se demandant ce que ces deux-là pouvaient bien se dire de si drôle.

Seules les bonnes sœurs n'osaient pas s'asseoir dans l'herbe. Elles se tenaient un peu à l'écart, au bord de l'eau. Le prêtre, lui, allait d'un groupe à l'autre, écoutait puis repartait. Le soleil tapait fort, aussi retirait-on les chapeaux.

Adélaïde restait plantée devant le petit potager, à regarder la fête de loin. Marie faisait des allées et venues incessantes entre l'auberge et le pré. Elle était en nage. Elle pestait contre les religieuses, qui n'auraient pas eu l'idée de venir lui prêter main-forte. Emeline, elle, allait de l'un à l'autre pour apporter là une nouvelle bouteille de vin, là un peu de pain. Pierre, au milieu d'un groupe de bûcherons, pérorait, les joues rouges, le cheveu défait. On mettait deux barques à la rivière, et les hommes, dans un instant, tenteraient de se pousser à l'eau, à l'aide d'une longue perche de bois souple. Les enfants barbotaient sur les galets sous l'œil sévère des bonnes sœurs, qui ne comprenaient pas qu'on les laisse ainsi s'amuser. A l'écart, dans un coin de la grande salle de l'auberge, monsieur Jean et Clanche semblaient étrangers à toute cette agitation, trop occupés à annoter leurs plans et leurs feuilles éparses.

Lorsque le soleil baissa un peu derrière la colline, à l'ouest, on commença à se séparer. Les quelques hommes présents avaient un peu de mal à assurer une marche rectiligne. Pierre dormait à poings fermés sous un arbuste, au bord de l'eau, son beau costume tout froissé. La femme de Marcellin s'agitait en tous sens, surveillant du coin de l'œil son époux rubicond et heureux, la chemise sortie du pantalon. Marie tenta de réveiller le menuisier, sans succès. Il fallut de nouveau aller chercher la brouette pour le raccompagner chez lui, sous les regards moqueurs des autres hommes, guère en plus grande forme que lui.

La grosse voiture noire pétarada, fuma blanc puis partit sous l'œil goguenard de Marcellin et du meunier du moulin haut, les cheveux encore blancs de farine. L'épicier venait d'échapper à la surveillance de son épouse et il en profita pour se précipiter, pour une fois, à l'auberge avec son vieux copain. Monsieur Clanche, assis à la place du passager, les regardait en souriant. Monsieur Jean, lui, faisait craquer la boîte de vitesses, accélérait longuement avant de faire rouler la voiture sur le minuscule terre-plein devant la terrasse.

Marie apparut, un panier à la main, en criant :

— Attendez donc, j'ai votre casse-croûte !

Du doigt, elle se frappait le front entre les deux yeux, pour bien signifier que leur mémoire laissait peut-être à désirer. Clanche ouvrit sa vitre, passa la main.

— Vous y avez mis la bouteille ?

— Oui, monsieur Clanche, et deux verres.

Puis, dans un nuage de poussière, la voiture s'éloigna vers le bas de la vallée.

Marcellin laissa tomber :

— J'aime pas bien les voir tourner comme ça autour de la rivière, ça ne me dit rien de bon, tout ça...

— Tais-toi donc ! lança Marie dans un grand mouvement de bras. Ils vont nous en amener, du travail, s'ils se mettent à construire en bas de la rivière !

Le meunier passa la main dans ses cheveux, comme pour les ébouriffer, remit sa casquette qu'il tenait entre le pouce et l'index et grommela :

— Marcellin a bien raison, si ça s'en tourne, ces oiseaux-là, ils nous apporteront rien que du mauvais.

— Et pourquoi dis-tu ça ? demanda Marie.

— Je dis ça parce que j'ai entendu dire qu'il voulait barrer la rivière pour y faire de l'électricité...

Marcellin entra dans l'auberge. Marie pénétra dans la grande pièce sur ses pas. Le meunier resta un instant dehors, les yeux dans le vague.

— Et alors, tu rêves ? lança l'épicier.

Marie passa derrière le comptoir et remplit deux verres d'un vin rouge épais et fruité. Le meunier ralluma son mégot. Le silence s'installa, seulement rythmé par le tic-tac de la pendule. Marie fila dans la cuisine. Marcellin brisa le silence :

— Moi je dis que tu as peut-être bien raison. Va-t'en savoir ce qu'ils nous réservent, ces deux oiseaux ?

Le meunier siffla son verre, laissa tomber une pièce sur le comptoir et redressa une nouvelle fois sa casquette.

— En attendant, ils m'empêcheront pas de faire tourner les meules. J'ai encore quelques sacs qui attendent. Le bief a dû se remplir de nouveau. J'aurai de quoi tourner jusqu'au soir.

Marcellin le regarda en souriant, puis fit, l'œil rieur :

— Que si tu prenais soin de le curer de temps en temps, ton bief, peut-être bien que tu serais pas obligé de venir attendre ici qu'il se remplisse de nouveau.

— Mon bief, il est propre, figure-toi, et puis d'abord, ta cave, je vais pas y mettre le nez, non ?

L'épicier éclata de rire.

— Que non pas, tu risquerais de tomber sur ma moitié ! Toute menue qu'elle est, elle serait fichue de te faire ranger les étalages et balayer le comptoir !

Le meunier ne répondit pas. D'un pas lourd, il quitta la salle sous le regard amusé de son compagnon.

Pourquoi, à mesure que la chaleur se faisait plus lourde, plus moite, monsieur Clanche se sentait-il de moins en moins vaillant ? Cela commença par un petit détail, un matin il descendit sans sa cravate. Monsieur Jean le regarda, d'abord surpris, puis se contenta de sourire. La porte et les fenêtres ouvertes laissaient passer un vent tiède, malgré l'heure matinale. Le lendemain, la chemise du jeune homme bâillait suffisamment pour qu'on devine le haut de sa poitrine et une médaille en or qui pendait à son cou. Quel que soit le temps, monsieur Jean, lui, restait impeccablement habillé, la cravate toujours soigneusement nouée.

Le manège n'avait pas échappé à Marie, qui, jour après jour, notait les changements dans la mise du jeune homme. Le soir, quand ils rentraient de leurs expéditions, Marie devinait la poussière sur leurs souliers et quelquefois un peu de boue maculait le bas de leurs pantalons. Elle aurait donné cher pour savoir ce qu'ils faisaient de leurs journées, mais n'osait pas poser de questions. Une fois, pourtant, elle avait tenté de lancer la conversation sur le sujet, sans succès. Monsieur Jean n'avait eu qu'à la fixer un instant sans ciller pour la faire renoncer à en savoir plus. Pourtant, les langues commençaient à se délier et, chaque soir, les hommes du village tentaient bien d'entraîner les deux ingénieurs à boire avec eux pour les faire parler, mais sans y parvenir vraiment. Invariablement, Clanche et Jean s'asseyaient à la table du fond, déroulaient leurs plans et leurs cartes, et reportaient leurs notes quotidiennes. Aux tables voisines, on jouait aux cartes, parfois bruyamment.

Pierre passait maintenant chacune de ses soirées au comptoir. Il lançait en patois toutes sortes de provocations que Clanche et son compagnon ne pouvaient pas comprendre. On le reprenait gentiment mais, le temps aidant, et l'alcool aussi, le ton se faisait plus insistant, plus lourd. Clanche jetait de fréquents regards à la belle Marie, qui, derrière le zinc, rougissait à chaque fois. Adélaïde, son éternel torchon sur l'épaule, se contentait de laisser, de temps à autre, tomber, en occitan : « Pierrot, tu es saoul. Rentre chez toi. Tu dis des âneries. »

Mais le menuisier, loin de se laisser convaincre, semblait au contraire se complaire à aller toujours un peu plus loin.

Amandine regardait la grande barque à demi immergée. On l'avait remplie de cailloux, après l'avoir terminée, pour qu'elle reste bien sur le fond de la rivière dans ses quelques centimètres d'eau. Ainsi, le bois resterait bien gonflé, étanche. Il suffirait, à l'automne, de la vider de ses cailloux et de la remettre à flot, pour qu'elle puisse descendre la rivière, chargée de bois. Autrefois, ce n'était pas une mais plusieurs gabares qu'on construisait chaque année. Aujourd'hui, il ne passait presque plus de bateaux.

Sur la berge, une barque naissait sur sa sole, entourée de débris de bois.

La fillette aimait, à l'automne ou au début du printemps, voir partir ces bateaux de fortune avec, à bord, quelques-uns des hommes du village ou des hameaux alentour. On venait même parfois de loin pour embarquer. Un peu plus haut, juste avant le pont, on avait bâti un petit embarcadère qui disparaissait déjà sous les piles de merrains, les douves de chêne pour les tonneaux, et les carassonnes, les piquets de châtaignier pour la vigne, prêts à embarquer. Tout autour du village aussi, on trouvait de ces piles stockées là, en attendant un prochain voyage. On en trouvait tant au bord de la route que, bien souvent, le passage des charrettes ou des rares voitures s'en trouvait gêné. Le problème ne datait pas d'aujourd'hui, et de tout temps on entendait parler des marchands de bois accusés de laisser traîner leur production un peu partout de façon anarchique. C'est d'ailleurs pourquoi le port avait été construit, et tout aussi rapidement occupé. Pourtant, depuis la fin de la guerre, on trouvait moins de ces piles de bois un peu partout. Les piquets de châtaignier descendaient toujours, bien entendu, mais ils prenaient maintenant un autre moyen de transport, le train ou le camion. Il n'en restait pas moins que, cette année encore, au moins un bateau repartirait. Peut-être le dernier ? Plusieurs familles dans le village se partageaient la navigation autrefois, à partir de Saint-Projet. Aujourd'hui, il n'en restait plus

qu'une, et encore, elle n'était pas certaine de trouver suffisamment d'hommes d'équipage pour faire descendre le bateau construit dans l'année.
— Tu aimerais bien partir aussi, petinote ?
L'enfant se retourna. Pierre se tenait derrière elle, la casquette un peu de travers. Il ne souriait pas, le regard posé au loin. Regardait-il quelque chose de précis, d'ailleurs ? Amandine leva les yeux jusqu'à lui, puis tourna la tête vers la rivière, sans répondre. Le menuisier demanda de nouveau, d'une voix douce :
— Tu aimerais voyager ?
Amandine haussa les épaules.
— Les filles, ça va pas sur les bateaux !
— Et qui t'a dit ça, petinote ?
Pierre vint se poster à côté d'elle. Il brossa de la main l'épaule de sa veste pour en faire tomber la sciure. Un peu de poussière de bois vola dans l'air. De la berge montait, par bouffées, l'odeur de la rivière, un peu de sa fraîcheur aussi.
— C'est maman qui le dit. Les filles, ça va pas sur l'eau.
Pierre sourit. Un oiseau passait dans le ciel, scrutant la surface de la Dordogne. L'enfant et le jeune homme le suivirent un instant des yeux, sans plus rien dire. Puis d'un coup, repliant ses ailes, il plongea vers la rivière, les serres déployées, semblant effleurer sa surface, avant de remonter, un poisson frétillant entre ses pattes.
— Tu as vu ? fit Pierre.
Amandine haussa de nouveau les épaules. Elle n'aimait pas le menuisier. Elle n'aimait pas le voir se saouler le soir, à l'auberge. Elle n'aimait pas la façon qu'il avait de parler et de regarder sa mère. Elle ne l'aimait pas, tout simplement. Elle aurait voulu qu'il parte, qu'il la laisse seule au bord de la rivière, seule à la contempler, à se nourrir de la violence du courant, à ressentir

en elle toute sa force. Mais il restait là, immobile, un sourire aux lèvres.

— Et pourquoi ça irait pas sur l'eau, une fille ?

Amandine tourna enfin la tête vers lui, soupira, les yeux au ciel, et rétorqua, comme on énonce une évidence :

— Mais parce que si les filles elles vont sur les bateaux, qui c'est qui va s'occuper de tout le reste ?

Pierre éclata de rire, voulut ébouriffer les cheveux clairs de l'enfant, mais elle se dégagea d'un mouvement brusque et partit en courant vers le pont.

— Eh ! Pourquoi tu te sauves comme ça ? Tu as peur de moi ?

En filant vers l'auberge, Amandine lança :

— J'ai pas peur de toi, j'ai pas peur...

Pierre resta un instant décontenancé, puis redressa sa casquette avant de descendre jusqu'à la berge.

Dans la cuisine, Emeline finissait de vider un saumon long comme son avant-bras. Marie poussa la porte.

— Tu sais la nouvelle ?

— Je t'écoute.

— Il va falloir encore curer la rivière de ses graviers, en bas du couvent, sinon les bateaux ne pourront plus passer...

Emeline releva son visage rond, s'épongea avec sa manche. Une mèche de cheveux collait à ses lèvres, qu'elle chassa d'un mouvement brusque de la tête.

— Qui raconte ça ?

Marie vint s'asseoir en face de sa sœur et, un couteau pointu à la main, commença à éplucher quelques pommes de terre.

— C'est au pont que j'ai entendu dire ça. Les gars de Combenègre étaient là, à piler le merrain sur la plateforme, en bas. C'est le plus jeune qui racontait ça.

Elles cessèrent de parler un instant, occupées l'une à vider son poisson, l'autre à peler ses patates. Le bruit de l'eau montait jusqu'à elles, régulier, seulement troublé par le chant d'un coq que monsieur Jean avait très vite pris en grippe, tant il chantait n'importe quand, le jour comme la nuit.

Marie reprit :

— Et puis, à ce qu'il paraît, le meunier de Ferrières aurait trop pris sur la rivière avec sa digue pour son bief. Les bateaux pourront même plus passer au prochain voyage.

Emeline soupira :

— Tu cancanes trop, Marie, tu cancanes trop. Un jour, ça te jouera des tours ! Et d'abord, qu'est-ce que ça peut bien nous faire, après tout ? Les gendarmes vont encore devoir venir lui tirer les oreilles, voilà tout.

Elle se leva pour aller tirer un peu d'eau à la pompe. Le poisson dégageait une odeur forte. Elle rinça ses mains au filet d'eau qui giclait de façon irrégulière, à mesure que l'on levait ou baissait le bras de fonte.

— De toute façon, reprit Marie, le temps qu'ils trouvent du monde pour redescendre...

— Pourquoi tu dis ça ?

Emeline essuyait ses mains sur son tablier.

— Parce que plus personne ne veut aller risquer sa vie là-dessus.

Amandine passa son visage par la porte du potager. Les joues rouges, le souffle court, elle se précipita vers l'évier.

— Maman, tu me donnes à boire ?

Marie regardait sa fille, étonnée.

— Tu viens d'où, pour t'être mise dans cet état ?

La fillette but d'un trait, les yeux fermés. Puis elle reprit sa respiration :

— C'est Pierre, il voulait parler avec moi.

— Et c'est pour ça que tu te mets dans cet état ?

— Je l'aime pas.

Emeline éclata de rire. Marie se baissa pour poser un baiser sur le front de son enfant.

— Je peux repartir au bord de l'eau ?

Marie se redressa, remit en place ses cheveux du plat de la main et donna son accord :

— Si tu veux, mais ne va pas faire de bêtises, hein ?

La jeune femme soupira :

— Elle me rendra folle !

— Ne te plains pas, elle est encore si petite !

Adélaïde poussait la porte de la grande salle. Elle jeta un regard circulaire sur la pièce.

— Du saumon, encore ?

— C'est le Célestin qui me l'a porté ce matin, se défendit Emeline. Il fera bien l'affaire pour ce soir.

Adélaïde ouvrit le placard mural, à côté du fourneau. Tout en farfouillant dedans, elle fit, mimant la colère :

— A force de servir toujours du saumon à toutes les sauces, tu finiras par faire partir les clients !

Emeline, sans même se donner la peine de chercher à convaincre sa sœur, lâcha, d'un ton moqueur :

— Quand tu auras fini de rouspéter tout le temps ! Tu sais bien que personne ne se plaindra.

— Peut-être, mais ça pourrait bien arriver, tu sais. Demain, tu feras un sort au coq.

Le lendemain, Adélaïde ne comprit pas pourquoi monsieur Jean reprit deux fois du coq au vin et pourquoi il mangea avec tant d'appétit, le sourire aux lèvres.

Assis sur une chaise de paille devant sa boutique, Marcellin regardait au loin, les yeux dans le vague. Sa bouffarde aux lèvres, il plissait à demi les paupières, pour se protéger du mince filet de fumée qui s'en élevait. Il entendait son épouse aller et venir dans la cuisine en marmonnant. Il ferma un instant les yeux et leva son visage vers le ciel pour sentir la chaleur du soleil sur sa peau. Il se sentait bien. Un bruit de pas. Emile, du moulin haut, était là qui l'observait, amusé. Sans même prendre la peine de le saluer, l'épicier murmura, les dents serrées sur le tuyau de la pipe :

— Prends donc une chaise et viens-t'en t'asseoir.

Marcellin, une moue rieuse sur le visage, tendit l'oreille en direction de l'arrière-boutique. Il entendit s'élever la voix aigre de sa femme :

— Eh bien ! Ne te gêne pas, surtout, viens-t'en te servir en chaises quand tu en auras de nouveau besoin !

Marcellin, se tournant à demi sur son siège, lança en direction de son épouse :

— Mais tais-toi donc un peu, tu nous feras du repos... Laisse-le donc prendre de quoi s'asseoir.

La Léonce n'entendait pas en rester là :

— Et moi, j'ai le temps de m'asseoir, moi ? Non, hein ? Alors que toi, tu es là à faire ton gras ! Et qui c'est qui fait tout le travail ? Et qui c'est qui se tue à la tâche toute la journée ?

Emile sortait en riant, une chaise à la main. Il vint s'installer à côté de son ami. Derrière eux, la voix aigre et haut perchée de l'épicière continuait de rouspéter, mais ils n'y prenaient plus garde. Marcellin tendait sa blague à tabac au meunier qui entreprit de bourrer sa pipe, une drôle de pipe tout en longueur et si fine qu'on craignait toujours de la voir se briser.

Ils restèrent ainsi un long moment, sans rien dire, à fumer béatement, le regard dans le vide. Ce fut Marcellin le premier qui laissa tomber, d'une voix absente :

— Tu sais quelque chose maintenant, sur les deux gars de l'auberge ?

Sur le pont, une vieille passait d'un pas lent et mesuré, toute tordue sous le poids d'un fagot de petit bois, appuyée sur un bâton noueux. Emile la suivit des yeux un instant.

— Elle va sur ses combien, la Jeanne ?

— Est-ce que je sais ?

Marcellin haussa les épaules. Puis, revenant à sa question :

— Tu sais s'ils vont encore traîner longtemps dans le coin ? J'aime pas bien les voir par ici. Ça me dit rien de bien bon, leurs histoires de barrer la rivière, je te l'ai déjà dit.

— Et pourquoi tu dis ça, Marcellin ?

Le gros homme étendit les jambes, grogna comme un chat que l'on caresse et se pencha vers son ami.

— Imagine un peu que leurs âneries, ça nous mette les prés sous l'eau ?

— Et pourquoi tu voudrais que ça nous mette les prés sous l'eau ?

Marcellin, du pouce, désignait le haut de la vallée.

— Et le barrage qu'ils ont fait là-haut, à Marèges, tu crois que ça a pas tout noyé ?

Le meunier se leva, repoussa sa chaise, remit sa casquette en place et répliqua :

— Mais parce que là-bas il y avait rien, pas une maison ! Ici, c'est pas pareil, y a des villages, des ponts, des routes et tout ça. Sans compter mon moulin et celui de Ferrières. Ils peuvent pas le faire si haut, leur mur !

Marcellin tira de nouveau sur sa bouffarde, en soufflant en même temps une fumée blanche et épaisse.

— Eh bien moi, je dis que je serai rassuré que quand ils auront repris leur voiture et qu'ils auront filé, ces deux-là !

Emile tripotait le bord de sa casquette.

— Adieu, Marcellin. Tu passeras bien pour ta farine.

Du fond de la boutique, on entendit alors la petite voix aigre qui ajoutait, d'un air entendu :

— Et pour boire aussi, hein ? Si j'étais pas là, je me demande bien qui c'est qui s'occuperait de tout...

Les deux compagnons se regardèrent en riant, alors que Léonce maugréait encore. Emile s'éloigna de son pas nonchalant. Marcellin le suivit un instant des yeux. Il aurait bien suivi son ami jusqu'à l'auberge, mais il n'osait pas. Il soupira longuement et ferma de nouveau les paupières. Il reconnut le pas de la religieuse qui venait pour déposer sa commande, sempiternellement la même. Et la vie allait ainsi son train-train rassurant. Au fond, même si elle faisait montre d'un caractère impossible, il aimait toujours sa femme, après vingt ans de mariage.

En contrebas du pont, Célestin lançait son épervier qui tomba dans l'eau avec un bruit léger. Marcellin eut brusquement envie d'une friture, à l'auberge, accompagnée du vin épais et acide qu'il produisait lui-même, au grand désespoir de sa femme, qui détestait le voir farfouiller dans ses barriques hors d'âge.

4

On tambourinait à la porte de l'auberge. Marie ouvrit les yeux dans le noir. Un rayon de lune passait au travers des volets mal clos. Elle se redressa, rabattit l'édredon, frissonna et s'immobilisa, l'esprit encore embrumé de sommeil. Dans le petit lit, de l'autre côté de la pièce, Amandine respira profondément, puis reprit un rythme plus calme. On appelait, une voix d'homme.

— Pierre, murmura la jeune femme.

Elle se leva doucement. Le plancher froid sous ses pieds la fit de nouveau frissonner. Dans la pièce voisine, Adélaïde s'agitait à son tour. Emeline, elle, dormait sans doute d'un sommeil de plomb, comme d'habitude. Marie ouvrit la fenêtre à tâtons et repoussa les volets. Debout sur le chemin, Pierre appelait :

— Marie, ouvre, nom de Dieu, ouvre !!!

— Qu'est-ce que tu veux ?

Elle se penchait dans l'air froid de la nuit. Le menuisier agitait sa lanterne, en bougeant en tous sens.

— Eh bé ! Tu es falourd[1], de tambouriner comme ça... ?

Puis, après un temps :

— Et d'abord, c'est quelle heure ?

---

1. « Fou ».

— Est-ce que je sais, moi ? Minuit passé, c'est tout !

A son tour, Adélaïde ouvrait sa fenêtre en maugréant :

— Et alors, t'es encore saoul à c't' heure ou quoi ?

Marie se pencha un peu plus, pour tenter de distinguer la silhouette lourde de sa sœur. La lune l'éclairait à peine, mais elle eut le temps de voir ses cheveux défaits qui pendaient devant son buste.

— Et alors, c'est pourquoi que tu réveilles tout le quartier ?

— C'est pour la grange de chez Crouzille, à Vent-Haut, elle brûle... Alors je me suis pensé, avec tes deux pensionnaires, là, ils ont bien une automobile, non ?

— Et alors ?

Marie, toujours penchée à la fenêtre, devinait, venant de l'escalier, le pas de sa sœur qui descendait dans le noir pour ouvrir la porte au menuisier.

— Et alors, ils vont pouvoir aller chercher les gendarmes, tiens !

— Ah ! Oui...

Marie frissonna encore, serra son col entre ses doigts. Pierre semblait de plus en plus nerveux.

Adélaïde ouvrait la porte. La lanterne disparut dans la grande pièce. Marie referma la fenêtre, chercha, du bout des doigts, son châle posé sur une chaise. Toujours pieds nus, elle ouvrit doucement la porte, sans la faire racler contre le plancher, puis descendit à son tour. Adélaïde allumait une petite lampe Pigeon avec la lanterne du menuisier. La mèche fuma un instant, répandant dans la pièce froide une odeur douce de pétrole. Marie serra son châle contre elle. Adélaïde demanda :

— Et d'abord, d'où tu sais ça, toi, que c'est la grange à Crouzille qui brûle ?

Pierre trempait ses lèvres dans le verre de vin que lui servait dans la pénombre une Adélaïde qui ne semblait pas pressée d'aller réveiller les deux hommes, à l'étage.

— Et qu'est-ce que ça peut bien te faire ? Il faut aller chercher les gendarmes, c'est tout. Le vieux, là-haut, il gueule tant qu'il peut qu'il va foutre un coup de fusil au Maurice, son voisin.
— Le fou ?

Marie s'approchait de la lampe. Son visage se découpa en demi-teinte, une moitié dans le noir, l'autre à peine éclairée par la lueur jaune. Pierre reposa son verre et la fixa un instant. Leurs regards se croisèrent furtivement. Il ne vit pas les joues de la jeune femme rougir doucement. Le charme fut rompu par le bruit de la porte donnant sur l'escalier. La voix de monsieur Jean s'éleva, fraîche comme s'il était éveillé depuis un moment :

— Qu'est-ce qui se passe ? Pourquoi êtes-vous tous là ?

Il avait revêtu une robe de chambre sombre dont le tissu brillait par endroits en accrochant la lumière.

— Il faut nous pardonner, monsieur Jean, murmura Adélaïde en farfouillant dans le placard mural, derrière le comptoir, mais c'est Pierre, il voulait vous demander un service...

Elle n'eut pas le temps de terminer sa phrase. Pierre, excité, finissait à sa place :

— C'est pour aller aux gendarmes, il y a le feu chez un gars, plus haut, à Vent-Haut...

— Le feu ? Au milieu de la nuit ? C'est la maison qui brûle ?

Pierre finissait son verre de vin d'un mouvement sec du menton.

— Pas la maison, non, la grange...

— Au milieu de la nuit ?

— Oui, au milieu de la nuit...

Monsieur Jean, sans ajouter un mot, saisissait la lanterne du menuisier et tournait les talons. Pierre bredouilla :

— Bé, et... mais... ma lanterne... ?

— Laisse-le donc faire, benêt, il va s'habiller. Tu ferais bien de te préparer...

Adélaïde reprenait :

— C'est le Maurice qui passe son temps à faire des misères partout qui a fait ça ?

— Qu'est-ce que j'en sais ? En tout cas, le vieux Crouzille, il gueule qu'il va lui foutre un coup de fusil, ça, c'est sûr. Alors, il vaux mieux aller chercher les gendarmes, moi, je dis...

Marie, grelottante, ne pouvait se résoudre à remonter se coucher. On entendait monsieur Jean qui allait et venait dans sa chambre.

— Et d'abord, qu'est-ce que tu faisais là-haut, toi ? finit par demander Adélaïde, l'œil soupçonneux.

Pierre regarda Marie à la dérobée, un peu gêné, puis laissa tomber, en bredouillant :

— C'est que... je... je revenais de... de tirer un lièvre...

— Ah non, te fous pas de moi, Pierre, tu courais pas plutôt le lièvre à jupons, des fois ?

— Et quand bien même ? Ça te regarde ?

Le pas lourd de monsieur Jean interrompit la conversation. La lanterne se balançait au bout de son bras. Il plongea sa main libre dans la poche de son manteau et en retira un petite clef brillante qu'il fit jouer au bout de ses doigts.

— On y va, monsieur ? dit-il dans un sourire un peu moqueur.

Pierre se tourna vers la patronne une nouvelle fois, en tendant son verre.

— Un dernier pour la route ?

Adélaïde le fixa, sans un mot, puis, rebouchant la bouteille du plat de la main, elle laissa tomber, comme on parle à un enfant capricieux :

— Va, file plutôt, que tu me ferais mettre en colère, ivrogne. On n'a pas idée de boire comme ça, même au milieu de la nuit...

Dehors, la voiture démarrait en toussant un peu. La lueur des phares éclaira le devant de l'auberge. Pierre se précipita. On entendit claquer une portière puis le moteur ronfler. Marie, toujours pieds nus, se tenait sur le seuil de la porte. Elle regardait filer la voiture le long du chemin de rive. La main de sa sœur vint se poser sur son épaule.

— Rentre, que tu attraperais froid.

Elle se figea en rentrant dans la pièce. Le jeune Clanche se tenait debout devant elle, nu-pieds lui aussi, mal fagoté dans un pyjama trop grand. Il fixait les deux femmes, sans un mot, les bras ballants.

— On vous a réveillé, avec tout ce raffut ? demanda Marie.

Le jeune homme, visiblement inquiet, demanda, d'une drôle de voix enrouée :

— Et pourquoi il est parti, mon patron ?

— C'est pour aller aux gendarmes, pour un incendie, rassurez-vous, murmura Marie en s'approchant de lui. Remontez donc vous coucher, il sera pas là de bonne heure !

— Un incendie ?

Tout en parlant, il passait la main dans ses cheveux, comme pour tenter de se réveiller.

— Oui, une grange qui a brûlé, un peu plus haut. Rien pour vous, rassurez-vous.

Il répéta, endormi :

— Une grange ? Ah oui... une grange, oui, oui, oui...

Marie ajoutait, en souriant :

— C'est le menuisier qui est venu nous réveiller.

Adélaïde dit, d'une voix ferme :

— Je vais pas brûler tout mon pétrole. Il faudrait remonter se coucher. On n'y peut plus rien, maintenant.

Elle passa devant sa sœur. Dans l'escalier, Marie sentait derrière elle la présence et le souffle du jeune homme. Son pas se fit un instant plus lent. Qu'attendait-elle ? Elle ne le savait sans doute pas elle-même. Mais la présence de cet homme, dans le clair-obscur de cet escalier étroit, juste derrière elle, qui la frôlait par instants, cette présence la troublait un peu. Adélaïde se posta sur le palier, la lampe à la main.

— Bonne nuit, monsieur Clanche.

Puis, à sa sœur :

— Recouche-toi bien au chaud, petite.

Marie, gênée, esquissa un mouvement pour se tourner vers le jeune homme qui poussait déjà sa porte.

— Bonne nuit à vous deux alors, et faites de beaux rêves...

Il leva la main qui disparaissait dans la manche de sa veste de pyjama, trop longue pour lui. Marie pouffa, puis ouvrit sa porte, en prenant bien soin, de nouveau, de ne pas la faire racler par terre. Quand elle fut de nouveau bien au chaud sous son édredon, elle tendit l'oreille pour écouter la respiration lente de l'enfant, qui dormait toujours aussi profondément. Elle tira le bout de sa couverture jusqu'à son menton, ferma les yeux, le visage du jeune homme devant elle. Elle glissa lentement dans le sommeil. La brume se levait à peine sur la rivière quand elle ouvrit de nouveau ses volets.

Célestin remontait vers le village, son épervier sur l'épaule, le pas lent et traînant. Il entendit, porté par les échos de la vallée, le moteur de la grosse voiture qui redescendait vers Saint-Projet. Il passa devant le haut mur blanc du couvent. Il leva les yeux vers les fenêtres grandes ouvertes. Une cloche sonna quelque part dans le cloître, qui appelait sans doute à la première prière de la journée. Sur l'autre rive, un filet de fumée montait déjà de la cheminée de l'auberge. La devanture de Marcellin n'avait pas encore été ôtée. La grosse voiture noire dépassa Célestin dans une nuage de poussière. Il eut le temps de reconnaître Pierre assis à la place du passager, à côté du monsieur de Paris. Il porta machinalement la main à son chapeau pour saluer, mais le conducteur le vit-il seulement ? Sa besace pleine de friture pendait à son épaule. Adélaïde lui en donnerait quelque chose. Ou, à défaut, les bonnes sœurs.

Il s'engagea à son tour sur le pont. L'odeur de la voiture flottait encore un peu dans l'air. Il l'entendit se garer devant l'auberge. Il pressa le pas. Pourquoi Pierre se trouvait-il donc dans cette voiture, et si tôt ? Le vieux, sans vouloir vraiment se l'avouer, aurait bien aimé savoir ce qui se passait de si bonne heure, mais pour rien au monde il n'aurait voulu le laisser deviner. Quand il poussa la porte de l'auberge, Pierre pérorait déjà, accoudé au comptoir, un verre à la main. Adélaïde, le chignon tout de travers, l'observait d'un œil morne. Le menuisier toisa le vieux pêcheur un instant puis lança, faraud :

— Té ! Regarde qui vient ?

Adélaïde lui jeta un regard noir. Mais l'autre, emporté par son élan, ajoutait déjà :

— S'il s'en tourne, tu reviens de Vent-Haut, toi ?

Célestin regarda Adélaïde en souriant furtivement, comme pour demander ce qui se passait. Elle lâcha, du bout des lèvres :

— Fais pas attention, Célestin, il est déjà moitié saoul, à c't' heure !

Au fond de la pièce, monsieur Jean, le cheveu parfaitement coiffé, une cigarette au coin des lèvres, lisait avec

attention un journal déplié devant lui. Pierre lui jetait de temps à autre un regard, comme pour se rendre compte de l'effet de ses paroles, comme pour chercher une approbation. Mais l'autre semblait ne pas le voir. Pour se donner une contenance, il siffla son verre. Célestin le fixa un instant puis, tourné vers Adélaïde :
— Une friture, tu veux ?
De la main, elle désigna la porte de la cuisine.
— Pose donc ça là, il y a Marie. Tu feras peser ?
Elle le suivit des yeux un instant, le regard adouci.
Le vieux poussait la porte sans hâte. Amandine, assise à la table de la cuisine, le regarder entrer. Le vieux lui sourit tendrement. Elle se replongea dans son bol de lait et mordit dans la tranche de pain que lui tendait sa mère.
— Salut, Marie, fit-il de sa voix un peu éraillée, je te porte de quoi faire la friture pour midi.
— Pose ça là, sur la table, je vais la préparer.
Elle se dressa sur la pointe des pieds pour saisir une balance romaine qui pendait au mur et la tendit au vieux pêcheur, qui demanda, presque à voix basse :
— Qu'est-ce qu'il faisait dans la voiture du Parisien, l'artiste, à côté ?
— Pierre ?
— Oui. Je l'ai vu passer tantôt, dans la voiture.
Marie vidait la besace dans le grand plateau rond. Elle déplaça le poids sur la règle graduée avec précaution. Célestin ne perdait rien de la manœuvre. Pour rien au monde il ne se serait laissé voler de quelques grammes de poisson !
— Figure-toi qu'il est venu tambouriner cette nuit à la porte.
Célestin leva les yeux sans dire un mot. Elle reprenait, heureuse de son effet :
— Il voulait aller voir les gendarmes !

— Il est falourd ?

— Que non pas, figure-toi ! Soi-disant qu'il y aurait une grange qui a brûlé à Vent-Haut, chez Crouzille.

Le vieux pêcheur resta le regard dans le vide un instant, puis un sourire éclaira son visage. Il voulut parler, se ravisa. Marie sourit à son tour. Elle lâcha, d'un air entendu :

— A ce qui se dirait déjà que ce serait l'autre fou de Maurice qui aurait fait ça ! Depuis le temps qu'il embête tout le monde, là-haut, à vouloir tout régenter...

Célestin posait la balance sur la table. Marie prenait le plateau pour verser les petits poissons dans un grand faitout. Elle aurait bien le temps de les cuire au dernier moment. Le vieux murmura, comme pour lui :

— Ne parle donc pas tant comme ça, ma petite, que si on t'entendait, ça se saurait que tu parles... C'est pas bon.

Puis il tourna les talons, après avoir repris sa besace vide et les quelques pièces de monnaie que lui tendait la jeune femme. Au moment de franchir la porte du potager, il se retourna et laissa tomber :

— Ce Maurice, il finira au bagne !

Il poussait le petit portillon branlant donnant sur le chemin de rive, quand il entendit l'enfant qui demandait :

— C'est quoi, le bagne, maman ?

Amandine s'assit sur son minuscule rocher, devant sa « queue de cheval », un remous de l'eau qui lui faisait penser, quand l'eau était suffisamment basse, à la queue d'un cheval au galop. Elle laissa son regard se perdre sur la rive opposée, sur le grand mur blanc du couvent qui lui semblait si haut. Au deuxième étage, une fenêtre s'ouvrit un instant. Elle distingua la cornette blanche d'une sœur, puis un tissu que l'on battait sur l'appui de la croisée.

L'été se terminait. Elle le savait. Elle le sentait aussi, à une qualité de lumière, plus longue, plus claire, une lumière qui étirait les ombres chaque jour un peu plus. Bientôt, les couleurs, dans la colline, prendraient des teintes rouges, puis jaunes, et, enfin, les arbres perdraient leurs feuilles. Un petit chien tournait autour d'un troupeau de chèvres, dans un pré, de l'autre côté de la rivière. Par-dessus le bruit de l'eau, il lui semblait entendre le jappement aigu de l'animal, porté par l'écho de la vallée. Bientôt, l'école reprendrait. Bientôt, il lui faudrait de nouveau chausser tôt, dans le froid, ses gros souliers de cuir, pour partir rejoindre la petite salle de classe. Elle ferait le chemin avec Jules et deux garçons de son âge, et un plus grand aussi, pas plus rassurés qu'elle l'hiver, quand la nuit tombait tôt. Pour l'heure, elle se sentait bien à regarder courir l'eau, à la voir mordre les berges pour rebondir sur un de ces rochers que redoutaient tant les gabariers, à la saison du voyage. Elle aimait la violence de cette eau sauvage et glacée. Elle en aimait la fraîcheur, aussi. Elle aimait s'y baigner, en cachette de sa tante Emeline, qui redoutait tant la rivière.

Elle leva le regard vers le pont, juste à temps pour deviner la voiture des gendarmes qui se dirigeait vers l'auberge. Elle haussa les épaules, puis se replongea dans ses rêveries.

La portière claqua, le plus âgé des pandores redressa son képi, lissa la formidable paire de moustaches qui lui barrait la moitié du visage et lança :
— Eh bé ! Vous arrivez ?
— Je... J'arrive, chef !

Le jeune homme, le rouge aux joues, refermait avec précaution sa portière et soulevait délicatement son képi, pour passer la main dans ses cheveux. Le chef le regarda en soupirant, puis lança :

— Vous vous ferez beau un autre jour, pour l'heure on a une enquête à enquêter ! Alors pressez-vous !

Le chef Beaudecroche, au moment où il voulut pousser la porte de l'auberge, la vit se dérober sous sa main d'un coup et il partit en avant, déséquilibré, pour se heurter à Adélaïde qui sortait, au même moment, vider un seau d'eau sale sur le chemin. Il mit un moment à comprendre comment il avait pu se retrouver étalé de tout son long sur le plancher de la grande pièce, barbotant dans l'eau, le képi parti en balade et le nez dans la formidable poitrine d'une Adélaïde renversée au sol et poussant des cris aigus... Accoudé au comptoir, Pierre, le visage déjà bien coloré, ne put s'empêcher de partir d'un rire gras. Au fond de la salle, deux vieux, leurs verres de vin posés devant eux, ne perdaient rien de la scène, se retenant à grand-peine de montrer leur joie.

Le jeune gendarme voulut se précipiter, mais il glissa sur le plancher mouillé et se retrouva, les quatre fers en l'air, à côté de son chef qui se relevait en maugréant, la moustache pendante. Marie, qui passait la tête par la porte de la cuisine, poussa un cri et plaqua sa main sur sa bouche pour ne pas éclater de rire. Adélaïde, elle, se redressait en prenant garde de bien lisser ses jupes à demi troussées. Le chef Beaudecroche, l'uniforme trempé, se baissa pour ramasser son képi puis, le rouge au front et aux joues, il fit face à une Adélaïde aux cheveux pendants et dégoulinants, qui se campa devant lui pour lui administrer une magistrale paire de gifles.

— Tiens ! Ça vous apprendra à vous précipiter comme ça sur les femmes sans défense !

Le jeune gendarme voulut à nouveau se précipiter pour porter secours à son chef, ce qui lui valut, à son tour, une paire de gifles sonores et cette remarque, qui le laissa sans réaction :

— Ça, c'est pour vous apprendre à défendre une femme quand un homme tente de l'embrasser de force.

— Moi, j'ai tenté... de force ? fit Beaudecroche, outré, rouge pivoine.

Il semblait étouffer, ne plus trouver ses mots devant tant de mauvaise foi. Marie s'approcha de lui, un sourire aux lèvres.

— Ne faites pas attention, elle plaisante...

Le chef, piqué au vif, répliqua :

— Mais moi, figurez-vous que je plaisante pas !

— Ah ! Vous n'allez pas commencer, non ? dit-elle, faussement sévère.

— Vous voulez que je l'embarque, chef ?

Le chef en question, la moustache toujours pendante, se tourna alors lentement vers le jeune homme et fit, d'un ton contenu, la mâchoire serrée :

— Vous, vous filez m'attendre dehors. Vous surveillerez la voiture, c'est compris ?

On entendait, dans l'escalier, le pas lourd d'Adélaïde qui montait se changer. Marie sortait un verre qu'elle remplissait sans rien demander. Puis, quand le gendarme l'eut vidé, d'un coup, elle le remplit une seconde fois.

— Ça va mieux ?

— Je vous remercie, oui. Mais vous savez, votre sœur, je pourrais l'embarquer pour ce qu'elle a fait...

Marie souriait de plus belle. Le silence se fit. Ce fut la jeune femme qui le rompit :

— Et elle, elle pourrait raconter tout ça... à sa manière.

Le chef la fixa un moment, puis sembla soudain se détendre.

— Bon ! On va pas en faire un fromage après tout, non ?

Puis, après un temps :

— Sinon, on a pas fait la route pour ça, vous vous doutez ?

Adélaïde réapparaissait, séchée, recoiffée, le regard hautain, la démarche digne. Elle passa devant le gendarme, sans un regard pour lui, vint se réfugier derrière le comptoir et demanda, l'air ingénu :

— Tu as fait payer... ?

— Adélaïde, arrête-toi. Il dit qu'il regrette...

Alors, pour ne pas perdre la face, Adélaïde sortit de la pièce, son seau vide à la main, la tête haute, un peu ridicule.

— Bon, c'est pas tout ça, mais moi, je suis pas descendu pour me rouler par terre avec votre sœur... C'est au sujet de la grange à Crouzille. Votre gars, là, le menuisier, vers quelle heure il est venu vous chercher ?

— Est-ce que je sais, moi ? Il était nuit noire. Il vous faudrait voir ça avec monsieur Jean. C'est lui qui l'a conduit aux cognes... Heu ! Je veux dire, chez vous.

Le chef tenta de redresser sa moustache puis, le regard ailleurs, laissa tomber, comme sans y toucher :

— Bon, vous êtes sûre que c'est pas lui, alors ?

— Qui ça, lui ?

— Ben, le Pierrot, là.

Beaudecroche évita de justesse la calotte que lui envoyait la jeune femme, dans un élan spontané. Son képi roula de nouveau à terre. Il gronda :

— Ah ! Les deux sœurs, là, vous commencez à m'échauffer les oreilles... Je vais vous apprendre, moi, le respect dû aux représentants de l'ordre...

Tout en parlant, il dégrafait le col de sa veste, pour reprendre sa respiration. Une voix s'éleva alors par la porte de la cuisine. Emeline, qu'on n'avait encore pas vue, se tenait debout, dans l'embrasure.

— Avant de respecter les représentants de l'ordre, il faudrait déjà qu'ils ne mettent pas le désordre avec des questions stupides...

Un calme lourd s'installa alors dans la pièce. Personne n'osait plus faire un geste, guettant l'explosion du gendarme qui se baissait, le regard absent, pour ramasser son couvre-chef. Quand il l'eut de nouveau vissé sur son crâne, enfoncé jusqu'aux sourcils, il balbutia d'une drôle de voix, tourné vers son jeune collègue qui venait de pousser la porte :

— Vous venez, jeune homme ? On va rentrer... On est même jamais venus jusqu'ici, hein, on est jamais venus ?

Marie les regarda sortir, mal à l'aise, le chef d'un pas mou et le jeune gendarme, le visage inquiet. La petite voiture bleue, en démarrant, fit une embardée, cala, redémarra dans un nuage de fumée bleutée et finit par s'éloigner lentement, dans le craquement de sa boîte de vitesses.

Ce fut Adélaïde, la première, qui résuma l'opinion générale :

— On y est peut-être allées un peu fort, non ? C'est vrai qu'il est pas mauvais bougre, le chef... Mais c'est vrai aussi qu'il est pas bien malin. Pierre, mettre le feu ! Et pourquoi pas aussi boire de l'eau pure ?

Marie, pour se donner une contenance, essuyait le bar. Emeline, lança, du fond de la cuisine :

— N'empêche, j'espère qu'il va pas nous faire des soucis...

En tout cas, le soir même, le menuisier, héros malgré lui, pérorait à l'auberge, à moitié ivre, devant un parterre hilare et sous l'œil noir d'Adélaïde.

5

La table trônait au centre de la pièce, qui semblait immense. Un buffet de bois sombre et un fourneau de fonte dans un coin, à côté d'un évier de pierre tout noir, complétaient le mobilier. Deux fenêtres qui se regardaient éclairaient les murs peints en bleu clair. Une grande cheminée barrait presque tout le mur du fond. Quelques lignes en courbe couraient sur ses montants de pierre, avec une date, *1531*, gravée par quel ciseau, par quel artisan ? Sur le manteau du cantou, deux fusils, posés sur leur râtelier. Le vieux Crouzille, sur le banc, le coude sur la table, écoutait les deux gendarmes, le regard ailleurs, marmonnant, comme un leitmotiv : « Mes vaches, qui me les paiera, mes vaches... ? »

Le chef, qui ne voulait pas montrer son émotion devant le vieil homme abattu, tout en tripotant son képi machinalement, bredouilla :

— Vous... vous en faites donc pas, Crouzille, si on attrape l'enfant de salaud qui a fait ça, il faudra bien qu'il paie...

— Payer, le Maurice ? Il est raide comme un passe-lacet...

— Et qui vous dit que c'est le Maurice ? Vous l'avez vu ?

— Non, pas depuis qu'il a foutu le feu. Il est pas rentré chez lui encore, à c't' heure.

Le chef, pour se donner une contenance, vida son verre de mauvais vin en réprimant une grimace.

— Et pourquoi vous dites que c'est le Maurice et pas quelqu'un d'autre ?

Le vieux débouchait de nouveau la bouteille. Le chef posa prudemment sa main sur le verre. Crouzille, décontenancé, le regarda, avec presque une lueur de reproche dans le regard.

— Non, pas trop tout de même, on est en service !

Le jeune gendarme, assis à l'autre bout de la table, regardait son verre plein sans oser y toucher. Crouzille, déçu, se résolut à reboucher sa bouteille, en marmonnant :

— Le Maurice, c'est une vipère. Il emmerde tout le monde ici depuis des années, à chercher des histoires à Pierre et Paul pour rien, toujours à guetter pour faire du tort... Il comprend pas que quand c'est pas chez lui, c'est pas chez lui. Il faudrait tout lui céder, et pour rien encore !

A côté de l'escalier qui menait au grenier, une vieille pendule toute noircie par les ans rythmait les instants de silence de son tic-tac aigrelet.

— Et le Maurice, il a déjà parlé de mettre le feu ?

— Et comment ! Sitôt que quelque chose allait pas, c'était des menaces à n'en plus finir, je vais t'foutre un coup de fusil, je vais t'brûler la maison, je vais t'crever le troupeau... Une teigne, je vous dis, une teigne...

— Bref, un mauvais coucheur ? résuma Beaudecroche, en tripotant sa visière.

— Plutôt, oui !

Un long silence s'installa. Le jeune gendarme regardait les deux hommes, toujours sans oser toucher à son vin. Le chef se racla la gorge, le regard sur la table, et lâcha, sans oser regarder le vieux dans les yeux :

— Et si on vous demandait de venir nous répéter tout ça à la gendarmerie ? Pour faire une déposition, pour le procès ?

Crouzille leva la tête, fixa le gendarme.

— C'est ça, pour qu'y m'brûle le reste ?

Beaudecroche, soupira, repoussa son képi en arrière, se tourna vers son collègue et murmura :

— Eh bien, c'est pas gagné...

Marie releva la tête. Assise devant la porte de la cuisine, un torchon sur les genoux, elle équeutait quelques haricots verts ramassés un instant plus tôt. Deux poules picoraient devant elle un sol encore un peu humide de la nuit. Amandine venait de filer pour l'école, avec les autres gamins du village. La rivière grondait fort. Les eaux seraient bientôt hautes. Combien de bateaux partiraient du haut pays pour charger le bois entreposé de l'autre côté, au pied du pont ? Peut-être un ou deux ? A présent, il n'en passait plus guère. Le camion prenait peu à peu le relais des gabares. Plus rapide, mois cher et, surtout, tellement moins dangereux.

Son regard s'égara sur la vallée. Ses mains semblaient travailler sans qu'elle y prenne garde. Un peu de brume se levait toute droite, sur la colline, face à elle, comme un feu qui démarre. Le soleil faisait scintiller la rivière, en contrebas. Elle n'en apercevait que de brefs éclats au travers des feuillages que l'automne jaunissait.

Elle respira profondément. Derrière elle, dans la cuisine, sa sœur s'affairait devant le fourneau, dans un grand bruit de fonte remuée et de casseroles qui s'entrechoquent. L'odeur du feu, dans la cuisine, se mêlait à celle, plus sucrée, de la vallée. A l'étage, on entendait aller et venir Adélaïde dans la chambre de monsieur Clanche. Depuis tôt ce matin, les deux hommes arpentaient les berges, un peu en aval. Elle aurait donné cher pour savoir ce qu'ils préparaient vraiment, ces deux-là. Et puis aussi pour les suivre, ne serait-ce qu'un jour, oublier un peu l'auberge, oublier le quotidien, la cuisine, les chambres, le ménage, oublier les hommes qui boivent, qui fument à vous rendre l'atmosphère d'une pièce irrespirable, en parlant fort, en riant fort. Elle se prenait à rêver, parfois, de celui qui saurait ne voir qu'elle, qui saurait ne s'adresser qu'à elle, qui saurait se taire rien que pour lui parler avec les yeux.

Ses mains s'immobilisèrent un instant. Une odeur de légumes chauds montait de la cuisine. Emeline demanda, du fond de la pièce :

— Tu as discuté, pour cette année, avec Adélaïde ?

Marie parut sortir de sa rêverie. Ses mains reprirent leur manège.

— Non, pas bien encore eu le temps d'y penser.
— Combien de temps, cette fois-ci ?
— Un mois ? Tu crois que ce serait possible ? demanda Marie.
— Comme l'an passé ?
— Oui, pourquoi pas ?

Emeline marqua un temps, avant d'ajouter :

— Pourquoi pas, oui ? Il faudra voir ça avec Adélaïde.

Un nuage de poussière sur la colline en face, le bruit sourd de la grosse voiture noire qui redescendait vers le village.

— Ils reviennent déjà ? demanda Marie.
— Les Parisiens ? Est-ce que je sais ?

Emeline vint se planter devant la porte grande ouverte, le regard au loin. Elle essuya ses mains sur son tablier, fixa à son tour le nuage de poussière qui se levait au-dessus de la route mal empierrée. Elle laissa tomber, un petit sourire en coin :

— En tout cas, ça va pas te gêner, hein, qu'ils reviennent manger ce midi ?

Marie se sentit rougir d'un coup. Elle baissa la tête sur son torchon plein de haricots, les fit tomber dans la bassine à ses pieds et lissa du plat de la main sa jupe, comme pour en chasser les traces de son travail.

— Et pourquoi tu dis ça, toi ?

Sa sœur, tournant les talons pour rentrer dans la cuisine, lança, en riant :

— Tu crois que ça se voit pas, que monsieur Jean et toi... ?

Et Emeline, qui connaissait sa Marie mieux que personne, d'insister :

— Des fois, même, que ça rendrait le Pierre jaloux ?

— Tais-toi donc, fit Marie, piquée au vif, qu'est-ce que tu racontes ? Ne parle donc pas comme ça, que si on t'entendait ?

Puis, après un temps :

— Et ne dis donc pas de sottises. Je me moque bien de ces deux oiseaux-là...

Elle reprenait son geste, une poignée de haricots dans le creux d'une main, l'autre qui cassait machinalement les pointes. Mais ses yeux démentaient ses propos. Ils se perdaient de nouveau au loin, dans un ailleurs fait de douceur, d'inconnu, de lointains toujours plus beaux, toujours plus riches, toujours plus faciles. Elle ajouta, d'un ton qu'elle voulait ironique et blessant pour Emeline :

— Le Pierre, je te le laisse, si tu crois que je vois pas où tu veux en venir avec lui...

— En tout cas, tu me diras pas qu'avec le vieux...

Marie la coupa sèchement :

— Il est pas vieux, d'abord. C'est pour les cheveux gris que tu dis ça ?

Emeline passait de nouveau son minois par la porte et fixait sa sœur en riant.

— Ne t'énerve donc pas tant, ce que j'en dis...

Puis de nouveau dans la cuisine, tout en remuant le feu dans le fourneau :

— Mais tu ne me diras pas que monsieur Jean, il ne te plaît pas ?

La voiture traversait maintenant le pont en faisant claquer les planches de bois. Marie ne répondit pas, trop occupée à guetter le bruit du moteur qui toussa à deux reprises devant l'auberge avant de se taire. Les portières claquèrent presque ensemble. La jeune femme se forçait à ne pas bouger. Emeline aurait trop aimé la voir se précipiter dans la grande salle. Elle entendit la voix de Clanche qui appelait :

— Vous êtes là ?

Emeline lança :

— A la cuisine !

— Ça sent bon ! Vous nous préparez quoi, pour ce soir ?

— Du civet de barbeau... Vous aimez ?

— Je vous dirai après. Mais si c'est aussi bon que ça sent bon... !

Marie brûlait maintenant de se lever, mais pour rien au monde elle n'aurait fait ce plaisir à sa sœur. Elle sentait le sang battre à ses tempes. Ses mains se mirent à trembler un peu. Clanche poursuivait :

— Vous pouvez nous faire un panier pour ce midi ? On doit descendre plus bas que prévu dans la vallée, peut-être jusqu'à Argentat. On n'aura guère le temps de s'arrêter pour manger à Eylac.

Marie tremblait que le jeune homme ne traverse la pièce pour la trouver, la jupe tendue sur ses jambes, couverte de haricots verts. Elle soupira d'aise en l'entendant lancer :

— Je monte chercher mes grosses chaussures ! On risque de devoir passer dans des endroits pas faciles !

— Filez donc, je vous prépare ça ! cria Emeline.

Marie faillit se lever en criant : « Non, laisse, je le ferai... », se retint, les joues rouges, heureuse de les savoir là et vexée de ne pouvoir se montrer.

Ce fut seulement au retour de sa fille qu'elle se dérida un peu, grondant la fillette pour la forme, sans vraiment y croire, parce qu'elle avait laissé une de ses tresses se défaire.

Pierre poussa la porte de l'auberge, le buste droit, la démarche mal assurée. Adélaïde le regarda entrer d'un œil réprobateur. Célestin, assis à sa table, au fond de la pièce, sourit en coin, lança un coup d'œil complice à Adélaïde, qui fit semblant de n'avoir rien vu, et marmonna :

— Té ! Regarde qui arrive ?

Emile, le meunier, tourna à peine la tête.

— Il a l'air d'avoir un peu de vent dans les voiles, encore, ce soir !

Le menuisier, campé devant la porte, toisa la salle d'un air dédaigneux, puis vint s'accouder au bar. Le coude bien vissé au zinc, il se tourna de nouveau vers la salle et lança, d'une voix forte :

— Pour moi, ce sera comme d'habitude, un pichet de vin !

— Et comme d'habitude, il faudra te ramener avec la brouette ? fit Adélaïde, d'un ton sec.

Les hommes, assis devant les petites tables de bois, partirent tous d'un même éclat de rire. Pierre, décontenancé, et avec l'arrogance des hommes ivres, laissa tomber, comme une évidence :

— Moi, je dis... Je dis que j'ai besoin de personne pour retraverser le pont.

La fumée flottait à mi-hauteur de la pièce. Une lueur jaune et douce éclairait les tables, laissant çà et là quelques coins d'ombre. Quatre hommes jouaient aux cartes, tout près du cantou. Sur la longue table de bois, Clanche et monsieur Jean se penchaient encore sur de grands plans, un crayon et une règle à la main.

Monsieur Jean leva un instant son regard vers le menuisier. Sa cigarette pendant à ses lèvres fumait doucement, l'obligeant à cligner de l'œil. Il sourit furtivement, puis baissa de nouveau le regard vers les grandes feuilles couvertes d'annotations. Marie, assise derrière le bar, l'observait à la dérobée, sans cesser de manier son carreau de dentelle, à la lueur d'une bougie que reflétait une boule d'eau posée devant elle. La pendule, dans la pénombre, sonna dix coups. Un murmure de voix s'élevait doucement, comme un ronronnement paisible. Pierre toussa une fois dans sa main, fit de nouveau des yeux le tour de la salle, lança une ânerie à laquelle personne n'accorda d'attention et, vexé, lâcha, le verre à la main :

— Heureusement qu'y en a qui sont là pour aider les cognes, qu'autrement sinon, il y en aurait des granges qui brûlent !

Adélaïde le tança sèchement :

— Pierre, tu parles trop, tu vas encore dire des bêtises.

— Et si je veux, je parle...

Les conversations cessèrent l'espace d'un instant. Quelques visages se tournèrent vers lui, puis le ronron reprit doucement. Le menuisier, de plus en plus saoul, s'accouda au bar, de dos, les jambes en avant, et lança, d'un ton de défi :

— Parce que sans moi, le Maurice, c'est combien qu'il en brûlait des granges, encore, hein ? C'est pas vous qui auriez été voir les cognes, hein ? Heureusement, y a Pierrot le menuisier, sans quoi... !

Marie releva de nouveau les yeux vers monsieur Jean. Leurs regards se croisèrent. Elle rougit. Il sourit, sa cigarette presque entièrement consumée toujours au coin des lèvres. Il hocha imperceptiblement la tête, comme pour dire : « Ne vous en faites pas, on est là. On le raccompagnera, s'il faut. »

Il ne pouvait détacher son regard du visage fin de la jeune femme, un visage encadré par des cheveux d'un noir de jais soigneusement tirés en arrière. Un des joueurs de cartes posa son jeu, fixa le menuisier et dit, d'une voix forte :

— Mon gars, nous on a travaillé toute la sainte journée. On a envie de jouer aux cartes... tranquillement. Alors, retourne voir tes gendarmes, si ça te dit, mais tais-toi un peu, tu veux ?

Pierre mit un instant à comprendre. Puis, mal assuré sur ses jambes, il pointa un doigt hésitant vers lui.

— Toi, tu me parles pas comme ça... d'a... d'abord... parce que... tu sais pas... qui je suis...

Ce fut le moment choisi par Adélaïde pour jaillir de son bar, empoigner le menuisier par le col et le pousser dehors, en claquant la porte sur lui, le tout sans un mot. Puis, dans le silence qui suivit, elle fit, en regardant la salle, le chignon de travers et le souffle court :

— Il y a un moment que ça me démangeait. C'est fait...

On retrouva le menuisier un peu plus tard, ronflant contre un talus. Monsieur Jean le ramena chez lui avec la vieille brouette de bois.

Quand il revint du village, un peu plus tard, Marie attendait, seule, dans la salle où traînait encore l'odeur du tabac et du vin mêlés. Monsieur Jean passa derrière la maison et rangea la brouette sous le petit auvent, à côté de la porte de la cuisine. Il marqua un temps d'arrêt en poussant la porte de la grande pièce. Marie leva les yeux vers lui. La lueur de la bougie laissait une partie de son visage dans l'ombre et faisait briller ses yeux. Monsieur Jean se pencha sur le bar, souleva une bouteille par le goulot, prit un verre et le remplit, sans un mot. Marie continuait de faire claquer ses fuseaux contre le carreau, le visage penché en avant. Elle se sentait rougir et n'osait pas le regarder, de peur de paraître ridicule.

— Vous ne montez pas vous coucher ?

Elle sursauta. Sa voix douce prenait une ampleur particulière dans la salle vide.

— Je... si, je finis et je... je vais monter.

Il vida son verre et se resservit, en tenant toujours la bouteille par le goulot.

— Vos sœurs sont déjà montées ?

— Oui, et la petite aussi. Elle dort.

Monsieur Jean s'accouda sur la table et prit sa tête dans ses mains. Marie n'osait plus le regarder.

— Vous ne vous ennuyez jamais, ici ?

Elle secoua la tête.

— Non, pas trop.

Puis, après un temps :

— Parfois, c'est bien un peu long, tout de même.

Monsieur Jean souleva une de ses mains pour prendre son paquet de cigarettes dans sa poche. Il en fit sortir une d'une petite secousse et la cueillit entre ses lèvres, puis il fouilla de nouveau dans sa poche pour trouver son briquet. La lueur jaunâtre éclaira un instant son visage aux traits réguliers et à la mâchoire bien dessinée. Il passa la main dans ses cheveux gris. Marie aurait voulu se lever pour fuir cette atmosphère lourde et délicieuse qui l'effrayait un peu, mais elle n'osait pas bouger.

— Vous tenez cette auberge depuis longtemps ?

Monsieur Jean continuait de parler, comme s'il ne percevait pas le trouble de la jeune femme. Elle tentait de capter un peu du parfum épicé de la cigarette, un parfum différent du tabac gris que les hommes fumaient habituellement.
— Ma foi oui, depuis longtemps.
— En quelque sorte, c'est votre maison, ici ?
— En quelque sorte, oui.
Elle se détendait un peu. Les fuseaux claquaient toujours aussi rapidement.
Monsieur Jean reprenait, de la même voix un peu basse et monocorde :
— Et l'hiver, il passe encore un peu de monde ?
Marie le fixa un instant, sourit doucement et reprit son geste sec et nerveux, sans répondre. Il se leva, jeta sa cigarette dans la cheminée, passa de nouveau la main dans ses cheveux et lança, à mi-voix :
— Bon, alors, bonne nuit...
— Bonne nuit.
Marie n'avait pas osé lever le regard, troublée. Elle resta un long moment, les mains immobiles sur son carreau, à regarder danser une ombre sur le mur à peine éclairé par la lueur de la bougie. Au premier étage, une porte se referma. Elle entendit le bruit de deux souliers que l'on envoie promener, puis le grincement du lit. Dans une autre chambre, Amandine, les yeux grands ouverts dans le noir, tendait l'oreille, guettant le moment où sa mère monterait à son tour. Alors, enfin, elle pourrait s'endormir.

La pluie, qui tombait sans discontinuer depuis une semaine, avait transformé la route en bourbier. L'automne avait laissé brusquement la place à l'hiver. Le soleil perçait difficilement la couche de nuages et aucun feu ne parvenait à réchauffer quelque maison que ce soit. On vivait dans une atmosphère humide et sombre du matin au soir.

Les hommes devaient décrotter longuement leurs sabots ou leurs souliers avant d'entrer dans l'auberge. Emeline ne quittait plus le coin du fourneau, dans la cuisine. Adélaïde passait le plus clair de son temps dans le cantou, à préparer quelques légumes ou à cuire les tourtous[1] pour le soir. Amandine, comme sa tante, ne se tenait jamais loin de la cuisinière de fonte, qui répandait une chaleur douce et réconfortante. Sitôt que l'on passait la porte de l'escalier, le froid, l'humidité et une odeur d'eau vous saisissaient. Marie passait un long moment, chaque soir, à réchauffer le lit de sa fille avec une chaufferette de cuivre pleine de braises, montée au bout d'un long manche de bois.

Un matin, alors que le jour peinait à se lever, ce fut d'un coup comme si toutes les eaux de la terre avaient décidé de tomber sur la vallée. On n'y voyait pas à dix mètres. La pluie tombait en un rideau compact, infranchissable.

Emeline sortit de la cuisine et jeta un regard dans la grande salle. Malgré la pluie et l'heure matinale, deux vieux buvaient déjà un verre de vin blanc près de la cheminée, assis face à face, sans se dire un mot, perdus dans un autre monde. A peine s'ils lui jetèrent un regard. Elle se campa devant la fenêtre, silencieuse, les mains dans le dos. La pluie giflait les carreaux par bourrasques. Le vent se levait. La route, devant l'auberge, disparaissait sous un ruisseau qui courait à présent jusqu'au pont.

Elle sursauta en voyant la porte s'ouvrir et quatre hommes détrempés pénétrer dans l'auberge. Ils marquèrent

---

1. Galette de blé noir.

un temps d'arrêt. L'un d'entre eux passa la main sur son visage, comme pour le sécher, et se tourna vers Emeline.

— Jamais vu un déluge comme ça !

Une flaque d'eau se formait devant eux sur le plancher. Leurs vêtements ruisselants leur collaient à la peau. Le plus âgé ne savait que faire de son chapeau gorgé d'eau. L'un des vieux grogna, en posant son verre devant lui :

— Ça, c'est de la pluie, nom de Dieu... Et on a de la chance que vous soyez encore ouvertes !

— Et pourquoi vous dites ça ?

L'homme se troubla un instant :

— Bé... parce que ça se dit, au village, que des fois, c'est fermé ici, l'hiver !

Adélaïde poussa la porte de la cuisine à son tour, s'arrêta et leva les bras au ciel.

— Mais c'est pas vrai qu'ils vont tout me saloper, ces quatre-là ! Regardez-moi ça ! Ils m'ont mis de l'eau partout... Mais restez donc pas là, à faire vos empotés, rapprochez-vous du feu !

Les quatre hommes avancèrent doucement, mal à l'aise, pour venir se camper devant la cheminée, les mains en avant. Adélaïde repartait à la cuisine en poussant des « Mon Dieu, mon Dieu, mon Dieu » qui semblaient ne jamais devoir finir. On l'entendit farfouiller dans un placard, puis elle reparut, les bras chargés de vêtements. Elle les posa sur la longue table de bois, sans quitter les gaillards des yeux.

— Vous direz bien merci à tous ceux qui ont oublié leur culotte ici. Allez ! Changez-vous, que vous allez attraper la mort, sinon...

Et sans aucune gêne elle tendait les habits, sans paraître dérangée le moins du monde par ces hommes à demi nus qui grelottaient devant elle. Emeline se montra à son tour, portant des assiettes à soupe. Elle reparut un instant après, une soupière dans les mains. Dans la cheminée, les vêtements commençaient à sécher en fumant légèrement. Ils répandaient une odeur de crasse humide. Les hommes avalaient leur soupe brûlante, avides de se réchauffer. Dix mots n'avaient pas été échangés depuis leur entrée. Enfin, l'un d'entre eux releva la tête, fixa Adélaïde un long moment et laissa tomber :

— Merci bien, patronne. Sans vous, on embarquait dans un drôle d'état.

— Vous descendez... avec un bateau ?

— Oui, madame.

— Ça ne se fait guère plus, de nos jours ?

— C'est le patron. A ce qu'il paraît que les camions, il a pas bien confiance. Alors, il a fait faire encore deux bateaux, cet été. On vient embarquer tout le bois à Combenègre, en bas du pont.

Adélaïde fixa le jeune homme qui venait de parler. Son visage aux traits creusés prenait un air faussement sévère.

— Et vous comptez partir par ce temps ?

— Bien obligés !

Elle haussa les épaules et fit, comme une sentence :

— Ce serait que de moi, le Combenègre, son bois, il viendrait se le transporter tout seul !

Marcellin posa le nez sur le carreau un peu sale de la porte de l'épicerie. Il prit un malin plaisir à regarder la buée envahir la vitre au rythme de sa respiration. Son épouse, un peu en retrait, faisait la caisse en marmonnant. Il n'en avait cure. La pluie battait la porte et coulait en un petit filet sous le seuil. Il tentait d'apercevoir les piles de brique du pont. Il aimait ce temps, cette sensation d'un univers réduit à la pièce qui l'abritait, comme lorsque, enfant, il se réfugiait dans un séchoir à châtaignes ou une cabane de chevrier pour se protéger des orages d'été. Il brûlait de s'élancer hors de la boutique, les pieds nus, le visage vers le ciel, sans se préoccuper de rien, pour le plaisir d'être sous la pluie battante. De l'autre côté de la rivière, qui, ce soir-là, aurait le courage de pousser la porte de l'auberge ? Et Clanche, et monsieur Jean ? Cela faisait déjà deux jours qu'il n'avait pas vu leur grosse voiture noire. Il décolla son visage de la vitre et lança à sa femme :

— Je sors.

Elle releva la tête, un air revêche sur le visage. Elle grinça, plus qu'elle ne dit :

— J'aimerais bien voir ça.

Marcellin, sans se départir de son calme, lâcha, en souriant :

— Et quoi, donc ? C'est pas toi qui vas goyer[1], non ?

— Et alors ? Tu as vu le temps ? Tu serais bien falourd de sortir, avec cette pluie ! Et puis, d'abord, tu irais où, avec ce temps ?

Le gros homme n'écoutait déjà plus. Il saisissait son pardessus, sa canne et un parapluie de drap noir. Quand il ouvrit la porte, une bouffée humide s'engouffra dans la pièce. La pluie vint mouiller le plancher. Sa femme cria :

— Mais ferme donc cette porte et rentre de suite, que tu vas nous attraper la mort !

Il n'écoutait déjà plus, le visage mouillé, le manteau instantanément détrempé et lourd, le parapluie agité par les bourrasques. Il fila sur le pont. On distinguait la rivière, en contrebas, ou plutôt on la devinait, on la sentait. Marcellin resta un long moment debout, sans bouger, le regard perdu. L'eau qui commençait à couler dans son cou, ses godillots noyés, il s'en moquait. Il se sentait bien ainsi. Il

---

1. « Marcher dans l'eau », « prendre l'eau ».

se sentait libre, libre de se tremper jusqu'à l'os s'il en avait envie. Et tant pis pour le qu'en-dira-t-on !

Il poussa jusque chez les trois sœurs. Ses chaussures alourdies par la boue lui semblaient peser des tonnes. Dans la grande salle, quelques hommes, serrés autour du cantou, le regardèrent entrer, abasourdis. Il s'immobilisa sur le seuil, un sourire timide sur le visage, comme pour s'excuser de déranger. Adélaïde se leva d'un bond et le dévisagea, le regard noir. Il fit un pas en avant et referma doucement la porte, n'osant plus avancer, de peur de crotter encore un peu plus le sol couvert de sciure.

— Eh bé ! Tu as donc perdu la tête, par ce temps ?

Marcellin refermait son parapluie et le posait contre le mur. Il ôta son manteau dégoulinant et vint se camper devant le feu, au milieu des gabariers qui le regardaient d'un air amusé.

— Nous qu'on pensait être les seuls, ce soir...

L'épicier sourit de nouveau, heureux de se retrouver au milieu de ces hommes qu'il aimait tant, ces marins qui ne passaient maintenant presque plus. Toute sa vie, il avait rêvé d'embarquer, sans jamais pouvoir le faire. Il les enviait, ceux-là qui, le soir, à la lueur de la lampe à pétrole, racontaient parfois leurs descentes, puis la remonte à pied, les auberges, les filles, les bagarres, les paysages du causse, qu'il imaginait immenses et blancs, baignés par une Dordogne assagie et apaisée. Il aurait tant aimé pouvoir, lui aussi, raconter le pays bordelais, les bateaux chargés de barriques de vin, des barriques débordant de plus d'un mètre au-dessus de l'eau, de chaque côté des embarcations. Et puis, il enviait ces hommes qui trouvaient chaque année de nouveau le courage de défier la rivière en crue, de défier le froid, le vent et les dangers de la descente. Tous ne remontaient pas. Mais tous avaient raconté le soir, devant un auditoire toujours attentif, au moins une fois leur descente la plus belle. De l'autre côté de la rivière, dans la boutique fermée, son épouse devait l'attendre, la rage au ventre. Il s'en moquait. A présent, assis près des gabariers, il se sentait enfin, lui aussi, un enfant de la rivière.

— Et tu dis qu'il est resté jusqu'à quelle heure ?
— A minuit il était toujours là, à les écouter parler.
— Sa femme a dû faire beau !

Pierre souriait en imaginant le retour de Marcellin dans son épicerie. Marie s'amusait à décrire la soirée, pour le menuisier qui prenait des airs importants, accoudé nonchalamment au bar. La jeune femme reposa son torchon sur le côté du bac de zinc. Elle imaginait la scène.

— Sûr que ça a pas dû être gai pour lui !

Pierre ne pouvait détacher son regard du corps long et fin de Marie.

Il ne pleuvait plus. Depuis l'aube, le ciel paraissait vouloir se racheter des trombes d'eau de la veille. Partout sur la colline, des petits nuages de vapeur montaient droit, marquant l'emplacement de quelques ruisseaux que le soleil commençait à réchauffer doucement. Une écharpe de brume se levait sur la Dordogne, enveloppant les hommes qui finissaient de charger les gabares détrempées. On les entendait crier. On entendait aussi le bruit des merrains que l'on empilait sur les plats-bords et qui, bientôt, monteraient si haut sur le bateau que le pilote devrait venir se percher sur son petit promontoire, à l'arrière du bateau, pour apercevoir la rivière.

Marie demanda d'une voix moqueuse :

— Et toi donc, Pierrot, tu as jamais embarqué ?

Il parut perdre pied l'espace d'un instant puis, se reprenant, laissa tomber comme une évidence :

— Et qui fera le merrain, si tout le monde embarque ?

Elle ne répondit pas tout de suite. Un silence s'installa, lourd et embarrassant. Piqué au vif, le menuisier, plus fanfaron que jamais, fit, comme pour lancer un défi :

— Moi, ça ne me gênerait pas d'aller embarquer avec eux, tu sais !

— Tais-toi donc, tu es déjà saoul. Qui voudrait de toi sur un bateau ? Elle serait belle, la gabare, avec un gars comme toi dessus !

Il se redressa maladroitement, leva le doigt devant son visage et dit, d'un ton catégorique :

— On verra bien s'ils veulent pas de moi... On verra bien.

Et il sortit sous le regard amusé de Marie, qui fixa Adélaïde en clignant de l'œil.

Amandine fila dans le potager pour le regarder traverser le pont. Elle le vit descendre sur le quai où se trouvait entreposé le bois. Un instant après, un premier bateau passa en bas de l'auberge. Deux hommes se tenaient à l'arrière, arc-boutés au long *gobern* agité par les remous de la rivière en crue. Une seconde embarcation passa, un instant après, à demi chargée, ballottée par le courant. Enfin, la troisième gabare, la plus lourde, la plus longue, passa lentement, ses deux rameurs à l'avant tentant de donner de la vitesse à l'équipage pour passer en sécurité les premiers remous, au pied du couvent. Ils ne virent pas la fillette, qui ne perdait rien du spectacle. Elle rêvait, en les regardant passer, de cet ailleurs, là-bas, si loin, après le bout de la vallée, cet ailleurs qu'elle ne connaissait pas mais dont elle entendait si souvent parler.

Un instant après, Pierre poussait de nouveau la porte de l'auberge, le front bas, silencieux. Adélaïde demanda, d'un ton sec et moqueur :

— Alors, le grand marin, ils ont pas voulu de toi ?

Pierre haussa les épaules et revint s'accouder au bar, sans un mot. Dans le cantou, un feu de veuve brûlait doucement. On entendait, dans la cuisine, le bruit d'une casserole que l'on remue sur l'acier du fourneau. Une odeur de soupe montait dans la pièce.

Amandine poussa la porte de la grande salle, regarda le menuisier un instant, l'air sérieuse, et fit demi-tour sans même refermer la porte.

— Te voilà bien, de nouveau ! dit Adélaïde, sans même regarder Pierre.

Il ne répondit pas, le regard au loin. Le silence s'installa, seulement troublé par les craquements du feu dans la cheminée. Enfin, il murmura, dans un souffle :

— De toute façon, moi, si j'avais voulu, combien de fois je serais parti, aussi...

6

Clanche et monsieur Jean ne donnaient plus signe de vie depuis quelques jours déjà, et Marie commençait à se demander si on les reverrait un jour. Le froid s'installait doucement dans la vallée. L'humidité reprenait ses droits dans les maisons, et la rivière ses teintes d'hiver.

On retrouva Marcellin un soir, étalé de tout son long devant le pont. Il revenait de l'auberge, ça on en était sûr. Pour le reste, chacun avançait son idée. Beaudecroche fut appelé, en même temps que le médecin de Mauriac. Le gendarme arriva dans sa petite voiture poussive. Le médecin, lui, apparut assis sur une antique carriole, tirée par un cheval hors d'âge.

Marie se précipita vers lui, tremblante. L'attelage pencha un instant quand le vieil homme sauta à terre. Il resta un moment, à la lueur vacillante d'une lampe à pétrole, à examiner l'épicier. Dans un coin, la femme de Marcellin pleurait en gémissant. Emeline la tenait contre elle en lui caressant doucement les cheveux. Le médecin posa son chapeau et, malgré le froid et l'humidité, s'épongea le front. Marie, la lampe à la main, fixait le corps de Marcellin, le regard vide. Adélaïde grelottait.

— Et ta fille, Marie ?
— Elle dort... Je crois...

Elle répondait d'une voix absente, mécanique, les yeux toujours fixés sur le corps. Le médecin se releva, reposa son chapeau sur son crâne et, tourné vers le brigadier mal réveillé, il grogna :

— Pour moi, rien à dire. Il est à vous.

Puis, tourné vers la femme de Marcellin :

— Madame, c'est vous, l'épouse ?

Un long hululement jaillit de la gorge de l'épicière pour toute réponse. Le médecin ne paraissait pas impressionné. Du même ton calme et bas, il dit, en la regardant :

— Il est mort d'un coup... Il n'a pas souffert.

Adélaïde, de mauvaise humeur et de plus en plus frigorifiée, demanda :

— Le cœur, docteur ?

— Non, je ne crois pas. Ce serait plutôt de la tête qu'est venu le mal.

Marie répéta, le regard toujours dans le vide :

— De la tête...

Beaudecroche demanda :

— On lui a tapé sur la tête ?

Le médecin répondit, sans même prendre la peine de relever le visage :

— Non pas. Il n'a eu besoin de personne. C'est une mort naturelle, voilà tout.

Marie frappa à la petite porte, derrière la boutique. Une ombre se leva dans la pièce. La religieuse avait posé sa cornette et dégrafé son col. Elle mit un doigt sur ses lèvres, pour faire signe à la jeune femme de ne pas parler trop fort.

— Elle dort encore ?

— Je crois, oui.

Un grand lit de bois occupait tout un coin de la chambre, une armoire et une table de toilette surmontée de son broc et de son vase complétant l'ameublement. On sentait que la femme de Marcellin aimait son intérieur. Marie pénétrait là pour la première fois. Elle ne parvenait pas à imaginer l'épicier dans cet univers tout propre, un univers où chaque objet était à sa place, chaque napperon soigneusement empesé et repassé. Maintenant qu'elle découvrait le monde de l'épicière, elle comprenait mieux pourquoi les désordres gentils de la boutique l'agaçaient tant. Elle se rêvait bourgeoise, lui se rêvait... se rêvait quoi, d'ailleurs, au juste ? Peut-être était-il tout simplement un homme simple, aux goûts simples, aux joies simples. On distinguait à peine la forme de l'épicière, allongée sous la couette. Le visage aux traits creusés semblait s'enfoncer dans l'oreiller de plume, dans un désordre de cheveux défaits.

— Elle n'a rien voulu manger.

La sœur parlait à voix basse, comme à confesse. Marie se pencha sur la table de nuit encombrée d'un verre et d'une carafe.

— Elle doit prendre quelque chose ?

— Non pas, juste un peu pour dormir.

Tout en parlant, la sœur remettait sa coiffe et posait un châle sur ses épaules.

— Vous ne devriez pas rester bien longtemps seule. Sitôt la messe dite, une autre viendra vous relever.

Un sanglot s'éleva du lit. Marie posa sa main sur le front de la malade.

— Je suis là, Léonce, je suis là...

La porte claqua. On entendit le pas de la sœur passer devant la boutique. Marcellin reposait un peu plus loin, dans une autre pièce. Marie frissonna en l'imaginant. Un cierge brûlait à la tête du lit, qui éclairait le visage figé dans une expression de sérénité. Elle se signa, récita à voix basse une prière et referma la porte. La voix aigre de Léonce demanda :

— Il est beau ?

Marie se retourna, les yeux humides.

— Oui, Léonce, très ! Il est très beau.

Le silence se fit, seulement troublé par les bruits du village. Les coups de la forge, la scie du menuisier, un bûcheron en train de fendre le bois dans la colline. Léonce tourna les yeux vers la fenêtre. Elle resta un long moment, le regard figé par-delà les carreaux.

— Je vais devenir quoi, moi, à présent ? Il me laisse bien seule, à mon âge, pour m'occuper de tout... Je ne saurai jamais.

Marie, penchée sur elle, posa la main sur son front et lui sourit.

— Et quel âge tu as ?

Elle soupira et laissa tomber, dans un souffle :

— Quarante ans passés !

— Tu ne seras pas seule, tu le sais bien ! Nous, on est là... On est là.

Amandine marchait de son petit pas saccadé et décidé. Les autres gamins, leur cartable à bout de bras, la suivaient en parlant fort. Un garçon, un lance-pierre à la main, ramassait parfois un caillou pour viser un oiseau qu'il était souvent le seul à voir. La boue des ruelles éclaboussait le bas de la jupe de l'enfant. Elle s'en moquait. Elle marchait le nez au vent, à tenter de s'imprégner des parfums de la vallée. Là, l'odeur du fournil qui arrivait par bouffées, ici, celle des cheminées que le vent rabattait. Le ciel touchait par endroits le haut de la montagne. Depuis plusieurs jours, la brume et l'humidité rendaient l'air malsain. Dans la classe, au bout du bourg, le poêle tout rond, protégé par une petite barrière métallique, suffisait à peine à assainir l'air. Demain, ce serait au tour d'Amandine d'arriver la première pour aider à allumer le feu et remplir les encriers. Elle aimait ces moments où, seule avec monsieur Adrien, elle prenait possession de la salle vide. Elle se sentait alors en liberté dans cet endroit où, le reste du temps, elle devait demeurer sagement assise, toute la journée. L'enseignant ne lâchait pas trois mots dans ces moments-là, se contentant de finir de vider sa tasse de café en aidant l'enfant à porter les bûches. Il ne se rasait pas tous les jours et sa blouse cachait mal des vêtements usés de vieux garçon. Amandine trouvait qu'il sentait mauvais, mais elle l'aimait bien tout de même. Seul, de tous les hommes du village, il ne poussait jamais la porte de l'auberge.

Le matin même, Amandine, en finissant de remplir les encriers, avait demandé :

« Monsieur Adrien ?

— Oui, petite ?

— Marcellin, c'est à cause de maman qu'il est mort ? »

L'instituteur avait repoussé son béret un peu en arrière et fixé l'enfant. Le poêle commençait à ronfler.

« Pourquoi tu demandes ça, Amandine ?

— C'est Lucien qui dit comme ça que s'il était pas venu à l'auberge, s'il s'en tourne qu'il serait pas mort ?

— Il dit ça, Lucien ? »

Amandine continuait à remplir les encriers de verre, sans oser relever les yeux vers le maître d'école. L'odeur un peu acide de l'encre se mêlait à celle, plus douce, du feu. Monsieur Adrien avait soulevé le couvercle de fonte du poêle et tisonné à l'intérieur un moment. Une gerbe d'étincelles s'était élevée. Le maître s'était hâté de reposer le petit couvercle rond, avant de reprendre, d'une voix qu'il cherchait à rendre un peu sévère, sans vraiment y parvenir :

« Ton Lucien, là, il commence à m'échauffer les oreilles... »

Puis, accroupi devant la fillette, il avait saisi la bouteille d'encre au bec de métal courbe, l'avait posée sur le haut d'un des pupitres et avait relevé du bout de la main le visage d'Amandine.

« Petite, ta maman, elle n'est pour rien dans tout ça. Lucien est un imbécile et je vais lui tirer les oreilles si je l'entends dire des âneries pareilles. Tu as compris ? »

Amandine avait hoché la tête. Monsieur Adrien poursuivait, de sa voix douce et posée :

« Marcellin, il est mort heureux, tu m'entends. Il revenait de voir des gens qu'il aimait, dans un endroit qu'il aimait. Il est parti heureux. Et tu sais quoi ? »

Amandine secouait la tête de droite à gauche, les yeux un peu brillants.

« De là où il est, Marcellin, il doit être bien content que ça se soit passé comme ça, moi je crois bien. »

Il s'était relevé, avait tapoté la joue de l'enfant et ajouté :

« Et je crois que ta maman, c'est la meilleure maman du monde, tu sais. »

Puis, après un instant de silence, seulement troublé par l'aboiement d'un chien au loin :

« Allez, range donc l'encre, que les autres vont bientôt arriver. »

C'est d'un pas plus assuré qu'elle s'était dirigée vers la petite armoire bancale, au fond de la salle, pour y ranger la fiole aux reflets rouges et bleus.

Marie, penchée sur le lit de sa fille, finissait de le border. Par la fenêtre ouverte, un courant d'air froid et humide venait caresser par moments son visage. Elle entendait, dans la grande salle, Adélaïde aller et venir. Sans ouvrir les yeux, elle pouvait la « voir » faire le ménage de la pièce. Pour l'instant, elle passait le balai en posant les chaises sur les tables et en déplaçant les bancs, trop lourds pour elle. Elle aussi devait sentir l'air froid courir par la porte grande ouverte. Emeline allumait le fourneau, sans se presser, comme à son habitude. Il brûlerait jusqu'au soir, sans discontinuer. Marie savait déjà que la cuisine serait vite l'endroit le plus chaud de l'auberge. Devant la porte, la tonnelle ne donnait plus l'ombre si douce de l'été. La vigne commençait à faner. On rentrait dans cette saison où tout est beau, où les lumières s'étirent à l'infini, des lumières plus vives, plus blanches, une saison emplie de nostalgie et de peur, peur de l'hiver qui serait encore une fois si long, si froid, si dur.

Elle se releva, redressa son chignon qui tombait un peu, mal fixé par un petit peigne d'écaille. Son regard fit le tour de la chambre. Deux lits, une chaise mal assurée et un placard tout de guingois à même le mur. La chaux des murs qui, par endroits, laissait deviner quelques traces d'humidité. Au-dessus du lit d'Amandine, un petit crucifix de porcelaine avec son brin de buis. Au-dessus du sien, un Sacré-Cœur dans un cadre à deux sous, image un peu rococo et surchargée de couleurs, un peu comme les vitraux d'une église. L'odeur de la pièce lui sembla soudain fade. Elle referma la fenêtre. Tout à l'heure, les cloches du couvent sonneraient pour Marcellin. Elle devait commencer à se préparer pour l'enterrement. Adélaïde viendrait peut-être. Emeline certainement pas. Marie venait de passer deux jours avec une Léonce qui se laissait porter par les heures et le chagrin, sans rien faire pour tenter de reprendre le dessus, trop heureuse d'être, pour une fois, le centre d'intérêt des femmes du village et des religieuses. Elles se relayaient à son chevet pour l'aider en tout. Elle en profitait, sachant bien que, sitôt les obsèques passées, la vie reprendrait son cours, inexorable, sans surprises, un cours qui, pour elle, ressemblerait à une longue solitude.

Marie entendait maintenant sa sœur aînée reposer une à une les chaises sur le sol. Elle ne parvenait pas à se résigner à sa solitude de femme. Pourtant, elle n'aurait eu qu'à dire oui à Pierre pour trouver un père à sa fille, à Pierre ou à un autre, après tout. Il ne manquait pas de soupirants, sans doute autant attirés par la jeune femme que par la perspective de devenir l'homme de l'auberge, nourri et soigné par les trois femmes, tel un coq en pâte. C'était peut-être même ce qui faisait éternellement reculer Marie. Elle se voyait plutôt vivre une de ces histoires d'amour comme on les racontait autrefois, dans les contes, avec un homme venu de loin, un homme qui garderait une part de mystère, un parfum d'ailleurs accroché à sa peau. Au lieu de cela, le seul qui aujourd'hui lui faisait ouvertement la cour se saoulait tous les soirs chez elle ! Il se croyait homme, il n'était qu'enfant.

Elle respira de nouveau le parfum de la pièce, puis referma la porte en la soulevant délicatement, pour ne pas la faire racler. Sa jupe noire la serrait un peu à la taille. Elle refit son chignon avec soin tout en descendant l'escalier. Son col de dentelle noire soigneusement repassé lui venait de sa mère, d'avant l'auberge, du temps où, petite fille, elle vivait encore, insouciante, un peu plus haut sur le plateau, dans la grande propriété que tenait son père. Le domaine ruiné par la guerre, son père mort là-bas, quelque part dans ce Nord qu'elle ne connaissait pas, sa mère emportée par le chagrin, la propriété vendue par une Adélaïde plus maîtresse femme que jamais, elle devait aujourd'hui vivre de son travail, de l'auberge, dans ce village au bord de l'eau, parmi ces hommes rudes et attachants à la fois. Elle regrettait tout de même ses lourds romans de jeune fille, à la couverture de tissu rouge et aux illustrations si fines, que lui lisait sa mère le soir, pour l'endormir. Ses rêves d'ailleurs, ces rêves de beau jeune homme, elle apprenait chaque jour un peu plus à y renoncer, à ne plus y penser. Un homme, un jour, portant sans doute ce parfum d'aventure sur la peau, un seul homme avait su la séduire, avant de disparaître aussi vite qu'apparu. Elle l'attendait depuis, sans vraiment croire à son retour. Elle l'attendait pour descendre la vallée, aller là où le soleil sans doute ne se couchait jamais, au bout de la rivière, vers Bordeaux. Pour l'heure, elle devait prendre des allures de veuve et se pencher sur la vie d'une femme vieillie prématurément, d'une femme qui se laissait aller pour mieux se laisser cajoler.

— Je m'avance chez Léonce.

Adélaïde se retourna, le balai à la main. Marie la dévisagea. Elle réalisa alors que sa sœur accusait enfin son âge, avec son corps court et râblé, ses cheveux presque entièrement blancs. Elle venait de passer ce cap où l'on dit de vous, à voix basse : « Elle a pris un coup de vieux. » Marie détourna les yeux. Une odeur d'encaustique flottait dans la pièce.

— Tu as fait le vaisselier ?
— Oui, pour une fois. En attendant la cérémonie...
— Tu es triste, ma grande sœur ?

Adélaïde baissa les yeux.

— Je l'aimais bien, moi, Marcellin.

Marie l'enlaça avec douceur. Le visage dans son cou, la main dans ses cheveux défaits, elle murmura :

— On l'aimait tous, tous... Il avait un cœur grand comme ça, tu m'entends, grand comme ça.

Puis, la repoussant tendrement, elle la fixa dans les yeux.

— File te préparer, va, que les cloches ne vont pas tarder à sonner.

— Et Emeline ?

— Elle reste à préparer pour midi. Il y aura du monde, aujourd'hui.

Marie poussa la porte de la cuisine. Emeline, en nage, la regarda sans un mot, le visage tout rouge.

— Tu as bien chaud ?

— C'est ce fourneau et puis, toute seule, ce matin, c'est pas facile.

— J'essaierai de filer avant la mise en terre, pour t'aider.

— Je veux bien.

Marie regarda la vallée par-delà la fenêtre et, enchâssé entre colline et berge, le petit couvent aux murs épais et sans grâce. Elle respira profondément. Adélaïde redescendait, un voile de crêpe noir sur les cheveux. Elle se tourna d'un bloc.

— Je file. Tu me suis, Marie ? Je préfère pas y aller seule... Je ne sais pas si je saurais...

— Si tu saurais quoi ?

Elle sembla hésiter un instant. Un bruit de casserole heurtant le sol dans la cuisine, suivi d'un affreux juron. Marie sourit imperceptiblement. Adélaïde reprenait :

— Tu sais bien, moi, les enterrements, depuis celui de maman...

— Allons, courage, ma belle. Je suis là. Je te tiendrai la main, si tu veux.

Adélaïde hocha la tête et murmura, comme une enfant :

— Alors oui, je veux bien...

La neige recouvrait tout, à présent. Amandine ne quittait plus la cuisine, la seule pièce un peu chaude. Le petit potager disparaissait sous une couche de poudreuse légère. On pouvait suivre les traces d'un chien, ou d'un renard, de part en part de l'enclos. La rivière, un peu plus bas, faisait comme une longue déchirure sombre dans le blanc de la vallée. Le tintement des cloches du couvent paraissait étouffé. Un silence mat engourdissait tous les sons.

Célestin poussa la porte de l'auberge. Un courant d'air glacé le précéda. Il ôta son chapeau, en fit tomber la neige qui commençait à le recouvrir. Adélaïde tourna la tête vers lui, une lueur complice dans le regard.

— Tu es bien réchauffé, de venir jusque-là aujourd'hui !

Le vieil homme grogna et alla prendre place à sa table habituelle, au fond de la salle, devant le vaisselier rempli d'assiettes de porcelaine fine.

— Mets-toi donc au coin du feu, que tu vas attraper la mort.

Il fit mine de n'avoir pas entendu et entreprit de se rouler une cigarette. Sa blague à tabac informe ne ressemblait plus à rien. Adélaïde posa devant lui un pichet de vin et un verre culotté de rouge. Elle resta un instant debout à côté de lui, sans un mot. Célestin grogna de nouveau, sans doute pour la remercier.

Emeline poussa la porte de la cuisine et passa le bout de son nez. Le vieux pêcheur lui faisait pitié. Depuis la mort de son ami, il venait, tous les soirs, prendre place au même endroit. Il restait là sans parler, le regard dans le vague, à boire lentement son vin rouge un peu aigre. Elle eut presque envie de venir s'asseoir devant lui, à le regarder, tout simplement pour être avec lui, sans parler, pour tenter de prendre un peu de sa peine. Marie entra à son tour, les épaules couvertes de neige. Elle s'épousseta en riant.

— Salut, Célestin, comment ça va, ce soir ?

Il grogna de nouveau, sans même relever la tête. Elle sourit, puis, d'un pas léger, fila à la cuisine en lançant d'une voix gaie :

— Eh bé ! Ça nous fera pas de mal, un peu de chaud, après toute cette neige !

Adélaïde fit entendre un « Tsss, tsssss » sonore, comme pour la rappeler à l'ordre. Emeline, campée devant son fourneau, sourit à son tour et murmura :

— Je suis bien d'accord avec toi. On n'aurait pas dû attendre aussi longtemps, cette année...

Marie se penchait sur sa fille, qui finissait de noircir une feuille de son cahier d'école. Elle frissonna au contact de la peau glacée de sa mère.

— On va où, cette année, maman ?

Marie mit un doigt en travers de ses lèvres en souriant d'un air complice.

— Et si on t'entendait ?

Puis, penchée à l'oreille de sa fille, elle murmura :

— C'est une surprise, tu verras.

On entendit la porte s'ouvrir de nouveau et plusieurs hommes entrèrent en riant. Ils tapèrent leurs godillots sur le seuil de la porte pour en faire tomber la neige mêlée de boue qui les maculait. La voix forte d'Adélaïde demanda :

— C'est pour manger, ou pour la nuit ?

Un des hommes répliqua, d'un ton moqueur :

— Oh, la mère, tu en demandes de ces choses...

Un bruit de gifle retentit, suivi de la voix d'Adélaïde, à nouveau :

— Le dernier qui m'a mis la main là où je pense, il est pas encore ressuscité... Je sais pas d'où tu viens, toi, mais tu risques d'y retourner vite si tu continues comme ça !

Un éclat de rire général s'ensuivit. Un des hommes lança :

— Allez, Alphonse, fais pas cette tête, tu l'as bien cherché !

Marie pénétra dans la pièce. Les trois hommes se tournèrent vers elle. Le plus jeune siffla entre ses dents.

— Mince de belle fille !

Et toujours la voix d'Adélaïde :

— Il vous en faudrait pas une autre, des fois, pour vous apprendre le respect ?

Marie, flattée, se sentit rougir. Elle baissa la tête en esquissant un sourire timide. Emeline poussa de nouveau la porte de la cuisine.

— Ce sera pour manger ?

— Oui, madame, fit le plus jeune des hommes.

— Alors prenez place à la grande table. Je vous apporte ça...

— Il n'y a pas le feu ! On peut bien boire un coup, avant ?

Le plus âgé, les mains tendues vers la cheminée, semblait se désintéresser de ses compagnons. Il paraissait perdu dans un ailleurs qui n'avait soudain plus sa place dans l'instant présent. Marie disposait le couvert, prenant, au fur et à mesure, les assiettes finement décorées dans le vaisselier. L'homme, debout devant le feu, se tourna et laissa tomber, surpris :

— Vous n'avez pas besoin de mettre les belles assiettes, vous savez. On saurait se contenter d'ordinaire.

Marie rougit de nouveau et balbutia :

— C'est que... c'est qu'on en a pas d'autres.

— Et vous faites auberge ici avec des assiettes de « madame » ?

— C'est que... elles nous viennent de notre mère.

Le vieil homme parut soudain gêné.

— Je vous demande pardon.

La voix d'Adélaïde s'éleva de nouveau de derrière le bar, sèche comme un coup de trique :

— Sinon, il y a l'auge du cochon, si vous préférez !

Sa sœur se redressa, gênée.

— Adélaïde !

— Laissez, mademoiselle, elle a raison.

Le dos maintenant offert au feu, l'homme, toujours perdu dans ses pensées, murmura, comme pour lui-même :

— Je suis jamais venu ici. Mais nous, ajouta-t-il en regardant Adélaïde, on se connaît, non ?

Ce fut à son tour de rougir. Elle se troubla et fixa un instant Célestin. Puis, après un moment de réflexion :

— Euh... Non, je ne crois pas.

Les deux autres prenaient place à table. Marie posait une bouteille de vin au verre épais devant eux. Célestin observait la scène, son visage toujours sans expression. Sa barbe de trois jours lui donnait un air un peu sauvage. Le plus âgé des trois hommes le fixa un instant, puis parut s'en désintéresser. Il dit, comme pour meubler la conversation :

— Avec ce temps, il doit pas tant y avoir de monde, non ?

Marie, la main sur la porte de la cuisine, se tourna à demi.

— C'est sûr. Avec toute cette neige... Mais nous, on s'en moque bien un peu, de la neige...

— Et pourquoi donc ?

L'homme, tout en parlant, rejoignait ses compagnons et enjambait le banc de bois devant la longue table. Le plus jeune remplissait les verres. Il demanda :

— Et sinon, pour dormir, c'est possible ?

Adélaïde s'était levée avec lenteur.

— Pourquoi pas ? Mais j'ai que deux chambres en état. Et puis, on a pas allumé le feu.

— Tant pis, vous viendrez bien nous tenir chaud, non ?

Adélaïde balança un instant entre colère et rire. Elle finit par répondre, d'un ton enjoué :

— Méfiez-vous, que si je vous prenais au mot, vous seriez bien embêtés.

Les visages des hommes commençaient à rougir, sous l'effet du feu, et du vin aussi, sans doute. Le plus vieux revint à la charge :

— Moi, je vous le dis, on se connaît. J'ai déjà voyagé et... je suis sûr de vous avoir déjà vue !

Adélaïde se contenta de hausser les épaules. Emeline entrait, portant une soupière fumante qu'elle posa devant eux. Elle se tourna vers Célestin.

— Tu en voudras une assiette ?

Il se contenta de hocher la tête. Le vin commençait à lui tourner la tête. Il ne se sentait pas le courage de rentrer maintenant chez lui, dans la nuit noire, à peine éclairée par une lune timide. Il serait bien temps, le plus tard possible, de refaire le chemin dans l'autre sens, jusqu'à sa bicoque humide et glacée, au bord de l'eau. Pour l'heure il se sentait bien, dans cette atmosphère chaleureuse, entouré de ces trois femmes qui ne lui demandaient rien, qui ne lui parlaient même pas.

Emeline, de la cuisine, observait à la dérobée la salle qu'éclairait mal la suspension à pétrole. Elle laissait une partie de la pièce dans l'ombre. Amandine traversa la salle, sans un regard pour les hommes. Marie la suivit dans l'escalier, une bougie à la main. Emeline la rattrapa avec la chaufferette.

— Tiens, pour le lit de la petite.

— Merci. Je la laisserai dans ton lit, si tu veux, après.

— Je veux bien.

Dans son coin, Célestin finissait son assiette, un quignon de pain à la main. Il noya le reste de sa soupe de vin rouge et porta l'assiette à ses lèvres, pour boire son chabrot avec un bruit sec. De leur côté, les trois compagnons en firent autant en riant. Emeline arrivait déjà avec un plat fumant qu'elle posa devant eux. Une odeur de civet s'en élevait, que le plus jeune respira longuement, les yeux fermés, une expression de gourmandise sur le visage.

Pierre ferma la trappe d'arrivée d'eau de sa scie. La longue lame cessa lentement de tourner en sifflant de moins en moins fort. Il frissonna. Depuis le matin, il débitait une grume qui ferait un beau plancher. La neige recouvrait tout, autour de la scierie. Un vent sec et froid courait sous l'auvent. Il ébouriffa ses cheveux pour en faire tomber la sciure, frotta ses épaules du plat de la main et vissa sa casquette sur son crâne. Il tendit l'oreille, sourit et se précipita vers le pont en entendant le bruit d'un moteur de voiture. Quel téméraire pouvait bien s'aventurer par un temps pareil sur le pont tout glissant ?

La voiture des gendarmes roulait au pas. Comment diable ces deux-là avaient-ils fait pour descendre jusqu'ici, avec la neige qui bloquait tout ? La petite auto s'engagea sur le chemin où la boue le disputait à la neige. Elle glissa un peu en freinant devant la maison du menuisier. Le brigadier en sortit, pestant, de la buée devant la bouche.

— Eh bé ! Quel temps !

Le jeune gendarme sortit à son tour du véhicule, fit deux pas, glissa et se retrouva les quatre fers en l'air dans la neige sale. Beaudecroche se retourna, haussa les yeux au ciel et écarta les bras en signe d'impuissance. Puis, tourné vers Pierre :

— Il en loupe pas une !

Le menuisier, pour se donner un contenance, rallumait le mégot qui pendait à sa bouche. La scie avait fini de tourner. Un silence mat se fit, à peine troublé par le murmure étouffé de la rivière. Pierre toussa en soufflant la fumée par le nez et demanda, d'une voix enrouée :

— Et c'est pour quoi que vous revoilà, tous les deux ?

Le jeune gendarme approchait, la démarche gauche, alourdie par son pantalon trempé.

— Eh ! Vous parlez pas comme ça au brigadier, vous !

Beaudecroche, sans même se retourner, soupira, de nouveau les yeux au ciel. Puis, d'un ton las, il lâcha :

— Vous ne voulez pas aller voir à l'auberge, demander qu'elles nous préparent deux repas pour ce midi ?

— Oui, chef !

Il fila vers l'autre rive. Beaudecroche le regarda un instant puis se tourna vers Pierre.

— Ça va tout de suite mieux quand il est plus là, non ?

Le menuisier marmonna, souriant :

— Un canon ?

— C'est pas de refus.

Ils commencèrent à marcher, côte à côte, en faisant attention à ne pas crotter plus encore leurs godillots. Ce fut le menuisier, le premier, qui rompit le silence, en poussant la porte bancale de sa bicoque :

— Et c'est pourquoi que vous revoilà, aujourd'hui, par ce temps ? Ça pouvait pas attendre ?

Beaudecroche répondit, en riant :

— Pour moi, si ! Mais ces messieurs les juges m'envoient te redemander ce que tu as vu, la nuit de l'incendie.

— Ils en savent pas assez ?

— Non, figure-toi que le Maurice, il les fait tourner en bourrique. Tu sais pas sa dernière ?

— Non ?

La pièce froide et humide sentait le feu éteint. Sur la table sale, quelques reliefs de nourriture, et deux verres, sans doute rarement lavés, du moins à en juger par leur culot rouge. Beaudecroche lança, hilare :

— Bé ! Vieux ! Si ma femme voyait ça, elle partirait en courant !

— Et pourquoi ?

— C'est que c'est... pas souvent qu'un balai fait le tour de la maison, on dirait !

Pierre éclata de rire. Il remplit d'autorité les deux verres. Le gendarme hésita un instant, puis prit le parti de siffler le sien d'une traite.

— Et alors, le Maurice ?

Beaudecroche reposa son verre en lançant :

Ah oui, le Maurice... Eh bien, figure-toi qu'il a inventé une histoire qu'il aurait perdu son portefeuille en posant culotte, la nuit du feu, du côté d'Egletons. Tu imagines ? Il a fallu qu'on aille faire le tour des haies dans tout le secteur, à tenter de regarder si on retrouvait pas son foutu portefeuille ! Il a bien dû se marrer, dans sa prison, le gaillard, à nous imaginer en train de rechercher ce que tu penses autour du bourg !

Pierre riait de bon cœur. Beaudecroche semblait trouver un peu moins de charme à cette évocation. Le menuisier remplissait de nouveau les verres en tirant une chaise à lui. Le brigadier, lui, restait debout.

— Bon, c'est pas pour te raconter tout ça que je suis là, c'est le juge, il voudrait que tu viennes à Tulle pour lui raconter ton histoire.

— Par ce temps ?

— On peut t'emmener, si tu veux.

— Et qui me ramènera ?

Beaudecroche ne répondit pas, visiblement ennuyé. Puis, après un instant :

— Bon, tu fais quoi ? Sinon, ce sera la convocation et tout le tremblement...

Pierre réfléchit un instant. La maison sombre et glacée paraissait triste, une tristesse sale et sans charme.

A cet instant, le jeune gendarme poussa la porte, de retour de l'auberge, essoufflé, les joues rouges de froid. Il respirait vite.

— C'est fermé, chef !
— Comment ça, « c'est fermé, chef » ?
— L'auberge, elle est fermée !
Pierre repoussa sa casquette en arrière. Il soupira :
— Ça recommence !
— Qu'est-ce qui recommence ?
— Les trois, là...
Le brigadier, mal à l'aise avec son verre à la main devant son jeune collègue, dansait d'un pied sur l'autre. Le menuisier reprenait :
— C'est chaque fois pareil, l'hiver.
Le jeune gendarme regardait à tour de rôle la bouteille sur la table et son chef, l'œil sévère, un peu surpris aussi. Pierre se resservait à boire. Beaudecroche posa la main sur son verre.
— Tous les ans, elles ferment, comme ça, sans rien dire. Un matin, elles sont plus là, voilà tout.
— Comment ça, « elles sont plus là » ?
— Bé, non !
— Et elles sont où ?
Pierre leva les bras en signe d'ignorance.
— Ça, Beaudecroche, personne le sait vraiment. Si ça s'en tourne qu'elles sont dans de la famille, en Auvergne, ou par là. Va-t'en savoir !
— Et la petite ?
— La petite ? Elle doit bien suivre...
Un temps de silence. Le jeune gendarme ne savait quelle attitude adopter. Il avait froid. Beaudecroche souleva son képi, se gratta le haut du crâne et le reposa délicatement sur ses cheveux soigneusement plaqués.
— Bon, c'est pas tout ça, mais nous, on remonte. Tu nous suis ?
Le menuisier sembla hésiter puis, d'un geste de la main, fit signe qu'il restait.

— Il me fera bien suivre son papier bleu, ton juge, là, non ? J'ai encore de la planche à tirer, moi, et je voudrais pas que le bief il gèle. Alors, il faut bien que je fasse tourner tout le bazar, sinon, crac ! Et alors je peux tout changer !

Les deux gendarmes tournaient les talons. Le plus jeune glissa sur le perron enneigé et se retint au montant de la porte. Pierre étouffa un rire et laissa filer :

— Attention, que ça pourrait peut-être bien glisser...

Beaudecroche, retenant un sourire, fit, d'un ton faussement rogue :

— Attention, Pierrot, que je pourrais peut-être bien me fâcher...

— C'est ça... et soyez prudent avec votre carriole, là. Je crois que le temps est un peu à la neige...

Il n'avait pas fini sa phrase que ce fut à son tour de glisser sur la dernière marche du perron et de se retrouver à plat ventre dans la neige boueuse. Beaudecroche, beau joueur, se retourna à peine. Puis, avant de remonter dans sa voiture, il lança, d'un ton goguenard :

— Tu feras attention, je crois que ça glisse...

7

Léonce retirait avec peine les volets de la boutique tant ses doigts gourds la gênaient. Il faisait un froid mordant, un froid humide, implacable. La neige recouvrait de nouveau tout. Le chemin qui menait à la scierie et plus loin, jusqu'au couvent, portait juste les traces de pas de la sœur qui arrivait, emmitouflée dans une grande gabardine noire, sa cornette un peu de travers. Léonce fit, en claquant des dents :
— Bonjour, Thérèse, vous êtes bien matinale ?
— C'est que, aujourd'hui, on voit notre curé.
— Le tout jeune ?
— Oui, il descend déjeuner avec nous.

L'épicière posait le volet de bois dans la boutique. Dans un coin, un petit poêle carré chauffait doucement.

La bonne sœur s'approcha presque timidement du feu, les mains en avant.

— La supérieure ne veut pas qu'on allume dans la grande pièce. Elle dit que le feu, c'est que pour les sœurs les plus âgées.

Léonce regardait la vieille femme se chauffer avec gourmandise. Elle passa derrière le comptoir de bois surchargé de réclames et de tabac en petits paquets gris et carrés. Malgré le feu, il régnait dans la pièce une humidité qui se mêlait à l'odeur de fromage et d'épices en un parfum un peu entêtant.

— A ce qu'il paraîtrait que les aubergistes ont recommencé ? dit la religieuse, après un instant de silence.

— Recommencé quoi ?

— Bé ! Qu'elles auraient de nouveau filé...

Léonce posait son tiroir-caisse sur le comptoir et entreprenait de recompter sa caisse, pièce par pièce, sans lever la tête. Elle dit, d'une voix absente :

— Et alors ?

La vieille femme se tourna vers elle, étonnée.

— Alors, on sait jamais bien ce qu'elles partent faire pendant tout ce temps...

Léonce remettait en place sa caisse et commençait à préparer la liste de courses de la sœur. Celle-ci insistait :

— Vous le savez, vous, Léonce, où elles sont ?

— Non. Et puis, quelle importance ?

Enfin, après un temps :

— Et puis, vous savez, du temps de mon défunt, elles le lui disaient même pas à lui, alors, à moi, vous pensez !

La clochette de la porte tinta. Célestin tapait ses pieds sur le paillasson. Un courant d'air plus frais courut dans la boutique. La religieuse se recula vivement du poêle, comme pour ne pas se montrer. Le vieux pêcheur repoussa son chapeau en arrière du bout du pouce.

— Salut, ma sœur, et bonjour à toi, la Léonce.

Sa veste luisante de crasse tombait tout droit sur un pantalon sans couleurs et sans âge. La religieuse le regardait à la dérobée. Il n'en avait cure. Il s'en moquait bien, des sœurs. Il approcha à son tour du poêle.

— Je m'occupe de sœur Thérèse, ensuite je suis à toi, Célestin, fit Léonce.

Il hocha la tête, les mains presque sur la fonte brûlante. La religieuse lui jeta un regard noir. Maintenant qu'il était là, plus moyen de parler. Et elle ne reviendrait pas avant le lendemain. Elle regarda par les vitres de la porte, de l'autre côté de la vallée. On devinait le toit de l'auberge, couvert de neige. La vieille femme resta un long moment immobile, le regard perdu au loin. Quand elle se retourna, ce fut pour dire, d'un ton péremptoire :

— N'empêche, c'est pas normal, ça. Nous, au couvent, on s'en va pas comme ça des semaines entières. Elle dirait quoi, la supérieure ?

Célestin se retourna, un petit sourire aux lèvres.

— Elle dirait qu'elle en ferait peut-être bien autant. C'est pas bien gai, votre pensionnat, là !

— Oh !

La religieuse se redressait, la poitrine bombée, pour bien marquer sa désapprobation. Célestin souriait de plus belle.

— Vous n'avez pas le droit de parler comme ça ! Et puis, on sait bien que vous avez vos habitudes là-bas, vous !

— L'écoutez pas, ma sœur, dit Léonce sans même se retourner, tout occupée à surveiller sa balance.

Célestin, trop heureux de faire pester la religieuse, continuait :

— Moi, je dis qu'elles ont bien raison. Elles doivent être quelque part, à se donner du bon temps...

— Eh bien, moi, je dis qu'à leur âge on n'a pas de temps à perdre avec des histoires de bon temps. On doit tenir sa maison, voilà tout !

Léonce, soucieuse de ne pas voir s'envenimer la discussion, posa le panier sur le comptoir en lançant :

— Voilà, il y a tout !

La sœur le prit et sortit, le port droit, sans même se retourner sur un Célestin ravi d'avoir asticoté une de ces « pas utiles », comme il aimait à les appeler.

Sitôt la porte refermée, l'épicière grinça, de sa voix haut perchée :

— Toi, tu ne pouvais pas te taire ?

— Et pourquoi ? Elles font bien comme bon leur semble, non ?

— Pendant que d'autres se tuent à la tâche ?

Célestin se penchait en avant pour rallumer le bout de mégot qui pendait à ses lèvres. Léonce, décontenancée par son silence, demanda, d'un ton rogue :

— Et sinon, ce sera quoi ?

Il releva la tête, une expression de petit garçon espiègle sur le visage, et laissa tomber :

— Rien...

Et de sortir, en remettant bien son chapeau pour se protéger du froid.

Pierre avait posé sur deux tréteaux une planche grossièrement taillée. Dessus, plusieurs verres sales trônaient à côté d'une bouteille de vin à demi vidée. Célestin reposa le sien, en faisant claquer sa langue. Le petit vent glacé le fit frissonner. La grande scie tournait à vide, dans un sifflement continu. Pierre fit basculer une grume sur le chariot et le poussa des deux mains, arc-bouté de toutes ses forces. Malgré le froid, il suait à grosses gouttes. Une odeur de bois sucré flottait dans l'air froid. Il tourna la tête, sourit, le visage rouge, et lança :

— Tu te ressers, Célestin, attends pas que j'aie fini !

Le vieux ne se le fit pas dire deux fois. Le bruit de la scie qui mordait dans la bille envahit tout l'espace. Célestin servit aussi le menuisier.

Depuis que la neige recouvrait tout, il n'allait plus guère pêcher. La nuit, il ne se risquait plus sur la rivière à la lueur d'une lanterne. Il posait bien encore quelques lignes en travers de la Dordogne, qu'il venait relever en prenant garde de ne pas se faire voir avant le lever du jour. L'auberge fermée depuis déjà deux semaines, il ne lui restait plus que le couvent et les deux auberges de Nauzenac, un peu plus bas dans la vallée, pour vendre ses poissons. Mais il fallait faire la route le long de la rivière, sur le chemin de rive presque impraticable à cause de la neige et de la boue.

Il tourna la tête pour regarder, comme la religieuse l'autre jour, la rive opposée, à guetter une improbable fumée montant du toit des trois sœurs. Il se sentait mal à l'aise. Il savait pourtant bien que, chaque année, elles disparaissaient ainsi, sans rien dire, sans prévenir, pour revenir, un beau jour, sans l'avoir annoncé. Il savait qu'un matin il verrait de nouveau la fumée s'élever au-dessus de l'auberge, il savait aussi qu'alors il ne pourrait s'empêcher de pousser le plus tôt possible la petite porte, sous la treille fanée. Il savait qu'il se sentirait bien en retrouvant l'odeur de cire, mêlée à celle du feu dans la cheminée, avec, par-dessus tout, un parfum fait de vin acide et de tabac froid. Il savait aussi qu'il retrouverait Adélaïde. Pour l'heure, il grelottait devant la scie de Pierre, à regarder débiter un châtaignier qui ferait un beau plancher et donnerait aussi quelques carassonnes. Le menuisier replaçait le chariot devant la lame et recommençait à pousser.

Célestin cria, pour couvrir le bruit :
— Ton bief, il tiendra encore un peu ?
Pierre se redressa.
— Tu dis ?
— Ton bief, là, tu auras assez d'eau ?
Le jeune homme repoussa sa casquette en arrière et prit un air suffisant pour répondre :
— Ma scie, elle pourrait tourner toute la journée si je voulais. De l'eau, j'en ai tant que je veux.
Le pêcheur sourit. Même pour ça, il ne pouvait s'empêcher de se vanter. Célestin reprit :

— Et cette fois-ci, la Marie, tu sauras lui demander ?
— Lui demander quoi ?
Le pêcheur vida son verre. Pierre poussait de nouveau sa grume.
— Lui demander pour se marier, tiens !
— Si tu crois que ça m'intéresse toujours !
Pierre s'épongea. Il ferma la trappe qui régulait l'arrivée d'eau et le calme se fit peu à peu. Il s'approcha des tréteaux et siffla son verre d'un coup avant de se resservir. Célestin grommela, dans le silence revenu :
— N'empêche, tu te vantes bien souvent que la Marie, c'est quand tu veux...
— Eh oui, c'est quand je veux... mais je veux plus, voilà tout !
Une ombre se faufila sous le minuscule hangar tout bancal. Le meunier, les cheveux blancs de farine, salua les deux hommes de la tête. Pierre remplit un nouveau verre. Emile le vida puis, s'essuyant les lèvres du revers de sa manche, il demanda :
— Tu as beaucoup d'ouvrage ?
Pierre le dévisagea un instant, heureux qu'on ait besoin de lui, heureux de pouvoir prendre son temps avant de répondre, pour faire enrager son interlocuteur.
— Alors, tu réponds ? le pressa le meunier.
Puis, tourné vers Célestin :
— Il est toujours aussi con !
Le menuisier, vexé, aboya :
— Oui, j'ai du travail... Tu vois, ce plancher, là ?
Il désignait la grume.
— Eh bé ! Figure-toi que je dois le livrer pour ce tantôt ! Pourquoi ?
Emile, le visage rouge du froid mordant, fit, l'air préoccupé :
— J'ai cassé ma trémie, pour lever la roue. Pour l'instant, le moulin est chaud, mais si je dois l'arrêter, avec

ce froid et l'humidité, il me faudra du temps pour tourner de nouveau comme il faut. Il faudrait que tu me raccommodes ça vite.

Pierre, trop content du pouvoir qu'il avait soudain, prenait la pose et ne répondait pas tout de suite. Célestin se tourna vers le meunier.

— Je vais venir t'aider, moi. Lui, tu vois, il est trop occupé.

Pierre sursauta.

— Mais non ! Je suis pas trop occupé ! Et puis d'abord, de quoi tu te mêles ?

Il remplissait de nouveau les verres. Auberge ou pas, il lui fallait tout de même sa dose d'alcool.

— Je passerai...

— Quand ?

Il souleva sa casquette entre le pouce et l'index pour se gratter les cheveux.

— Je finis ça et je monte.

Emile, sans attendre plus, tourna les talons. Célestin reposa son verre vide et cria :

— Attends, je te suis !

Les deux hommes ne virent pas la Léonce, cachée derrière sa petite porte vitrée, qui les regardait passer, le visage sévère, une expression de dégoût sur les lèvres. De l'autre côté de la rivière, la cheminée ne fumait toujours pas. Elle en concevait un léger malaise, qu'elle ne s'expliquait pas.

— De toute façon, lui, la guerre, il a même pas été blessé !

L'instituteur se retourna vers le bûcheron, occupé à empiler son merrain sur le bord de la route, un peu avant l'auberge. D'autres tas encombraient le chemin, du bois que le camion passerait bientôt chercher.

— Et pourquoi vous dites ça, vous ?

Monsieur Adrien, son béret sur la tête, ne semblait pas souffrir du froid. Il revenait de la Nau-d'Arche, en aval, son village natal. Malgré la neige, la boue et le froid, il aimait ces grandes promenades en solitaire. Le bûcheron, sans cesser d'empiler son bois, lâcha, d'un air entendu :

— On sait bien ce que c'est, va ! Un planqué, sûrement !

— Vous ne l'aimez pas, notre menuisier, hein ?

— Et pourquoi je l'aimerais pas ?

L'instituteur souriait.

— Peut-être parce que, lui aussi, il tire des merrains ?

L'homme haussa les épaules. Il se redressa un instant pour taper ses mains l'une contre l'autre. Les planches gelées lui glaçaient les doigts.

— Le soleil se lève pour tout le monde. Il fait bien comme il veut.

Puis, après un instant :

— De toute façon, il a jamais su tailler un vrai merrain. Je sais pas qui en voudrait, de ses planches. Elles doivent faire de beaux tonneaux !

Monsieur Adrien laissa son regard se perdre sur la vallée aux arbres nus. La neige recouvrait la colline de façon inégale, laissant voir, de-ci de-là, un rocher ou une coulée de pierres grises qui dévalait jusqu'à l'eau. Comment ce paysage, si riche de couleurs, si chaud, si compact l'été, pouvait-il se transformer ainsi, l'hiver, en un lieu sans reliefs, sans couleurs, sans volume, un pays qui paraissait vouloir vous avaler, presque vous écraser. L'instituteur frissonna.

— Vous croyez vraiment que c'est parce que vous avez été blessé à la guerre qu'il faut vous en prendre à lui ?

L'autre grogna, sans même se relever :

— Planqué, voilà tout !

Monsieur Adrien grattait du bout de sa canne la neige qui recouvrait un petit bloc de pierre. La route boueuse devenait chaque jour un peu moins praticable, d'une part à cause des tas de bois entreposés là, qui empêchaient presque la maigre circulation de passer, ensuite à cause des ornières creusées par les camions chargés de bois. Le bûcheron reprenait :

— On peut toujours pas boire un coup, ici ?

— Vous voulez parler de l'auberge ?

Monsieur Adrien fixa l'auberge aux volets clos et soupira :

— Eh non !

Il resta un long moment les yeux dans le vague. Depuis qu'il enseignait ici, il voyait tous les ans l'auberge fermer ses portes du jour au lendemain, sans que rien jamais le laisse présager, et rouvrir un beau matin, sans que rien non plus l'ait laissé prévoir !

— Et vous savez, vous, pourquoi elles fichent le camp, comme ça ?

Monsieur Adrien, le regard toujours au loin, soupira :

— Personne ne le sait. Personne !

Il tapa ses pieds sur le sol pour tenter de les réchauffer un peu. Il poursuivit :

— Et si par cas on leur demande, elles ne répondent pas.

Au loin, l'instituteur devina la silhouette du menuisier qui s'engageait sur le pont. La rivière roulait, entre les deux berges enneigées, des eaux si hautes que même les gabares n'auraient pu s'y aventurer. Pierre portait à l'épaule une musette qui battait son côté. Il marchait d'un pas rapide. Le bûcheron aussi l'avait aperçu. Il se remit à l'ouvrage. Le tas serait bientôt plus haut que lui. Sans même compter les planches, il arriverait à un total de mille. Monsieur Adrien ne savait pas comment les bûcherons s'y prenaient. Ils arrivaient toujours à un compte exact, en ne se fiant qu'à leur œil.

— Salut, Pierre, tu pars ?

Monsieur Adrien faisait quelques pas dans sa direction.

— Je dois monter à Tulle.

— Par ce temps ?

— Figurez-vous, monsieur le tituteur, que je suis été convoqué par le juge...

Monsieur Adrien sourit.

— Pierre, on ne dit pas « tituteur », mais instituteur.

— Oui, un « tituteur », je le sais bien.

L'enseignant soupira, toujours souriant, et ajouta, d'un ton faussement grave :

— Et puis, on ne dit pas « je suis été », mais « j'ai été ». Dans ce cas, c'est le verbe « avoir », et non pas le verbe « être » que l'on doit employer.

Pierre, une barbe de deux jours sur les joues, les yeux rougis par l'alcool, répondit, comme on énonce une évidence :

— Mais tout ça, je le sais bien, mais là, je suis vraiment été convoqué, alors vos histoires, je sais plus.

Monsieur Adrien posa la main sur l'épaule du menuisier.

— Un jour, Pierre, il nous faudra prendre un moment, à l'école, tous les deux, tu veux bien ? J'ai deux ou trois choses à te dire...

Un bruit de moteur se fit entendre. Les trois hommes redressèrent la tête. Le vent se levait, un vent glacé qui soufflait sans véritable direction, en tourbillon. Le bûcheron, de là où il était, grogna :

— Ça, c'est la neige qui revient ! J'ai bien fait de piler mon bois aujourd'hui !

Monsieur Adrien demanda, soucieux :

— Tu montes à pied ?

— Eh oui ! J'ai pas d'automobile, moi !
— Eh bé ! Tu n'es pas rendu !

Il regarda le menuisier s'éloigner de son pas lent. Le bûcheron grogna de nouveau, mais l'instituteur ne comprit pas de quoi il s'agissait. Il s'en moquait. Il s'inquiétait de voir Pierre sombrer de plus en plus dans l'alcool. Depuis son retour de la guerre, ses épaules s'étaient voûtées, son regard, devenu fuyant, semblait souvent perdu dans un ailleurs que lui seul percevait. Le bruit de moteur approchait. Il reconnut la grosse voiture noire des deux Parisiens. Elle tanguait sur le chemin défoncé, en projetant des gerbes de neige sale sur les côtés à chaque ornière.

Elle freina devant eux. Monsieur Jean fit coulisser la vitre. Une odeur de tabac blond s'échappa. Monsieur Adrien détailla l'homme au volant, son élégance, sa cigarette au coin de la bouche et ce manteau au tissu épais. Il se sentit soudain un peu gauche dans sa gabardine sans forme, avec son béret sur la tête. Monsieur Jean souriait.

— Bonjour, vous me reconnaissez ?

L'enseignant bredouilla :

— Je, enfin, oui, je... vous êtes le monsieur de Paris, pour les travaux ?

— C'est cela, oui.

Le moteur tournait dans un bruit de mécanique souple et puissante. Le bûcheron s'approchait de la voiture à son tour, le regard méfiant.

— Comme ça, vous arrivez de Paris ?

Monsieur Jean, comme s'il n'avait pas entendu la question, demandait à son tour :

— On m'a dit que l'auberge était fermée. C'est vrai ?

— C'est vrai, oui.

Monsieur Jean baissa la tête vers son volant, l'air préoccupé. Il resta un instant pensif. Le bûcheron caressait la carrosserie du plat de la main, l'air admiratif. Monsieur Jean tira sur sa cigarette puis, d'un geste négligent, la jeta par la vitre ouverte.

— La plus proche, c'est où ?

L'instituteur se baissa pour se porter à sa hauteur.

— La plus proche... ? Mauriac, je pense.

Monsieur Jean enclencha une vitesse, en faisant craquer la boîte, puis il alla faire demi-tour devant l'auberge. En repassant, il s'arrêta de nouveau devant l'enseignant.

— Et pourquoi ça a fermé ?

Monsieur Adrien sourit, amusé.

— C'est tous les ans comme ça, monsieur !

— Elles prennent des vacances ?

— Ça, personne le sait bien. Elles nous ont jamais dit où elles passaient... Même la petite, elle manque l'école tous les ans avec ça ! J'ai eu beau leur dire à chaque fois que c'est interdit, normalement, de manquer l'école, elles s'en fichent bien !

Le vieil homme sourit, le regard au loin, et, sans un mot de plus, démarra en cahotant dans une ornière. Quand il fut parti, monsieur Adrien se retourna pour découvrir le bûcheron, les vêtements et le visage couverts de boue et de neige sale, qui pestait. La voiture venait de l'éclabousser en passant dans un trou. L'instituteur ne put s'empêcher d'éclater de rire en le voyant, l'air tout penaud et furieux.

Un chien aboyait dans le village, semblant répondre aux cloches qui sonnaient à la volée. On se pressait vers la petite église massive, nichée contre la colline. La grande porte du couvent, ouverte, laissait deviner le cloître glacé et son minuscule jardin, qui disparaissait sous la neige. Seule la statue, en son centre, semblait donner un peu de vie au lieu. Les murs couverts de chaux, aux parois un peu arrondies, permettaient à peine à deux personnes de se croiser sous la promenade.

Emile marchait lentement, suivi de Léonce, du Crouzille de Vent-Haut et de quelques autres familles de la vallée. Les sœurs, âgées, souvent malades, n'assisteraient pas toutes à l'office. Emile tourna la tête en passant devant le réfectoire, pour tenter d'apercevoir la grande table sombre qui trônait en son centre. Il se rappelait être souvent venu là enfant, accueilli par les sœurs, qui lui donnaient invariablement un petit biscuit sec et dur, un biscuit dont il recherchait encore le parfum en passant, chaque dimanche, devant ce réfectoire qui lui était désormais interdit. Les religieuses de son enfance reposaient dans le minuscule cimetière, un peu plus haut dans la colline, non loin du jardin potager du couvent. Aujourd'hui, il cherchait dans ces murs un peu de son enfance, un peu de la douceur de ces femmes qu'il continuait d'aimer tendrement.

Célestin se porta à sa hauteur. Il le fixa un instant, l'esprit ailleurs. L'air glacé de l'église le saisit. Emile se laissa aller à respirer le parfum de pierres froides, de pierres gorgées d'eau, ce parfum qui le renvoyait aussi loin en arrière. Pour une fois, ses cheveux soigneusement peignés et parfumés ne disparaissaient pas sous la farine. Il se découvrit et vint prendre place sur sa chaise habituelle, en retrait au fond de l'église. Célestin fit grincer la sienne en la déplaçant. Devant eux, les places des aubergistes et de la petite Amandine restaient vides. La supérieure y jeta un regard, le visage sévère.

Célestin sourit. Emile lui donna un coup de coude. Les sœurs finissaient de prendre place aux premiers rangs. Le jeune prêtre entra, le silence se fit. Emile fixait le dos de la plus frêle, de la plus petite des religieuses. Quelle âge pouvait-elle bien avoir ? Avait-elle même un âge ? Elle paraissait si fragile ! Elle ne semblait pas souffrir du froid, à peine couverte d'une cape de drap noir. Les boiseries, le long du chœur, donnaient à l'église un aspect solennel que démentaient ses proportions ramassées. La cérémonie, entre répons, chants et raclements de chaises, se poursuivait selon un rituel immuable, et les deux hommes, derrière les chaises vides, la suivaient plus par habitude que par conviction. Habituellement, dès la messe terminée, on filait à l'auberge se réchauffer. Aujourd'hui, on se réchaufferait comme on pourrait.

Emile frissonna. La cérémonie se termina dans un dernier chant. Les sabots et les souliers de gros cuir piétinèrent de nouveau les dalles gelées, puis le silence se fit. La supérieure, plantée dans le cloître, marmonnait, devant une Léonce frigorifiée :

— De toute façon, c'est pas des vies normales, de disparaître comme ça, tous les ans.

Léonce, qui ne pensait qu'à filer allumer son poêle, approuvait de la tête, incapable de prononcer le moindre mot. La religieuse continuait :

— Moi, je me demande si, à force, il faudrait pas prévenir les gendarmes. Dieu seul sait ce qu'elles font pendant ce temps-là... ?

Le prêtre passa d'un pas rapide et courut se réfugier au réfectoire, devant le maigre feu du cantou.

— Moi, vous ne me direz pas, mais je crois que je vais en parler au père, puis nous aviserons. Ça n'est quand même pas normal, une chose pareille, non ?

Léonce, qui grelottait, bredouilla :

— Non, c'est sûr, c'est pas bien habituel !

La vieille femme tourna les talons en marmonnant :

— De toute façon... de toute façon... de toute façon...

Puis elle pénétra dans la grande pièce glacée. Le curé, les deux mains au-dessus de la flambée, tournait le dos à la salle. Quelques sœurs âgées attendaient, assises devant la longue table, perdues dans un temps qui leur semblait propre. La porte grinça. Le prêtre se retourna. Emile, debout dans l'embrasure, souriait en saluant de la tête.

La supérieure grinça :

— C'est pour quoi ?

— C'est... c'est pour rien... pour rien...

Comment dire, comment raconter, comment expliquer à cette femme au regard si dur qu'il recherchait tout simplement l'odeur des biscuits de son enfance, rien de plus ?

— Alors, fermez la porte, merci.

Le jeune prêtre, tourné vers le meunier, lança en souriant :

— Vous mangez avec nous ?

— Ah, non ! dit la religieuse, l'air sévère.

Le jeune curé, sans se démonter, fit comme s'il n'avait rien entendu :

— Vous êtes mon invité. Vous me raconterez ce que vous faites.

Emile, gauche et intimidé, ne savait plus s'il devait finir d'entrer ou décliner l'invitation et se retirer. Le prêtre avança, le prit par le bras et l'entraîna au coin du feu, trop heureux d'échapper à l'atmosphère pesante du repas avec ces femmes peu bavardes.

Quand il ressortit du couvent, un peu plus tard, Emile marchait un peu de travers, le visage rouge, sans avoir pu toutefois retrouver l'odeur des biscuits de son enfance.

8

Le camion barrait la petite route, en amont du pont. Les hommes finissaient de le charger avec les merrains entreposés là. La neige fondait par plaques. On recommençait à deviner l'herbe qui affleurait le long de la rivière. Les cheminées fumaient droit. Des nuages ventrus, dispersés, ne parvenaient pas à cacher le soleil. Le redoux s'installait. Quelques maisons profitaient du temps sec pour ouvrir leurs fenêtres en grand.

Pierre tourna la manivelle pour libérer l'eau et faire démarrer la scie. Aujourd'hui, dans le village, on le regardait comme un autre homme, comme quelqu'un d'important. Le juge l'avait convoqué ! Et bientôt, il irait témoigner ! Malheureusement, il ne pouvait même pas le raconter, le soir à l'auberge, devant tous les autres, pour leur en remontrer. Quelle idée elles avaient eue de partir juste à ce moment-là, aussi ? Il aurait tant aimé pouvoir leur dire, pouvoir leur prouver, enfin, qu'il était quelqu'un !

Le bruit de la lame commença petit à petit à recouvrir celui de la Dordogne. Pierre, un mégot entre les doigts, remplit le verre posé sur son bout de planche et le vida d'un trait. Il se pencha pour regarder de l'autre côté du pont. Il resta la main en l'air, surpris, puis un large sourire se dessina sur son visage. La cheminée de l'auberge fumait de nouveau !

Il referma la petite trappe du bief, reposa son verre et fila vers l'autre rive. La veille encore, le feu ne brûlait pas chez les trois sœurs. Et ce matin la vie reprenait, comme si de rien n'était, sans que quoi que ce soit ait pu le laisser prévoir. Depuis quand étaient-elles revenues ? Par quel moyen ? D'où venaient-elles ? Comme chaque année à pareille époque, elles reprenaient leur place discrètement dans le village, sans un mot, et gare à qui voudrait s'amuser à les questionner. Il ne trouverait devant lui qu'un mur de silence, une indifférence polie.

Un vent piquant soufflait sur la rivière. Les planches du pont glissaient un peu. Il poussa la porte, fit le tour de la salle du regard et appela :

— Vous êtes là ?

Adélaïde lança, de la cuisine :

— Te voilà déjà, toi ?

Pierre refermait doucement le battant. Il osait à peine avancer. Une grande malle de métal trônait au milieu de la pièce, deux petites valises de cuir bouilli posées dessus. Adélaïde poursuivait :

— On a à peine eu le temps de faire du feu que déjà tu es là ?

Elle pénétrait dans la salle. La poussière sur les tables et sur le comptoir n'avait pas encore été faite. Pierre hésitait. Il se tourna vers la cheminée éteinte.

— C'est le fourneau que vous avez rallumé ?

— Bé ! Le repas, il va pas se faire tout seul !

Elle passait derrière le comptoir. Il n'osait pas s'accouder.

— J'ai pas grand-chose à t'offrir, tu sais. On rentre que !

Le menuisier regardait autour de lui, mal à l'aise. Adélaïde posait d'autorité un verre devant lui et débouchait une bouteille de vin ordinaire. Elle poursuivait :

— Tu te contenteras bien de ce que j'ai.

Pierre trempa les lèvres, fit la grimace et laissa tomber :
— Il est gelé !
— Bé, dame ! On vient que de rallumer le feu.
Un bruit de pas dans l'escalier. Amandine dévalait les marches et poussait la porte. Elle s'arrêta, interdite, en le voyant. La silhouette de Marie s'encadra derrière la fillette.
— Déjà là, toi ?
Pierre bredouilla :
— Bonjour...
Puis, après un instant :
— Vous revenez que ?
Il ne savait comment entamer la conversation, dans cette grande salle glacée et vide. Marie passa la main sur les cheveux de sa fille.
— Allez, file te mettre au chaud dans la cuisine. Je dois encore ranger les affaires.
Pierre désignait les bagages :
— Vous avez fait un voyage ?
Marie fit mine de n'avoir pas entendu. Elle saisit les deux valises et fila de nouveau à l'étage. Adélaïde attendait, derrière le comptoir, que le menuisier ait fini son verre. Il bredouilla :
— Bon, je vous laisse, alors...
Toujours pas de réponse. Il finit son vin, fit de nouveau la grimace et mit la main à la poche. Adélaïde murmura :
— Non, laisse. Ça ira.
— Merci !
Quand il fut de nouveau dehors, il resta un instant planté au bord du chemin. Il se retourna. La treille pas taillée, le petit banc de bois tout noir d'humidité contre le mur un peu écaillé, la boue, la neige à demi fondue, tout le renvoyait à la tristesse de l'instant, au froid de l'hiver, à l'envie de soleil, de retrouver les herbes folles

du printemps, l'ombre de la vigne devant l'auberge. Ce soir, peut-être, les hommes seraient de retour chez les trois sœurs. Ce soir, peut-être, il pourrait raconter son juge, raconter les gendarmes, raconter, se raconter, se raccrocher à un regard, à une oreille attentive, à une présence, à une chaleur humaine.

Quand Emeline ouvrit la porte de la cuisine sur le potager, elle entendit le bruit de la scie qui mordait dans le bois, porté par le vent qui soufflait toujours sur la rivière.

Campée devant la porte de la boutique, Léonce regardait la fumée s'élever lentement au-dessus de l'auberge. D'où venaient-elles, ces trois-là ? Quand étaient-elles rentrées ? Léonce essayait de comprendre. Tous les ans, l'auberge fermait. Tous les ans, les trois sœurs revenaient sans crier gare. Aujourd'hui encore, elles reparaissaient un beau matin, sans un mot d'explication. Léonce les enviait-elle ? Elle venait d'un minuscule village, sur les hauteurs. Depuis, elle n'avait presque jamais quitté la vallée. Son dernier voyage à Mauriac remontait à la mort de Marcellin, pour se rendre chez le notaire. C'était l'instituteur qui l'avait emmenée, avec sa petite voiture à cheval. Depuis, elle ne quittait presque plus sa boutique. Chaque semaine, on la livrait en fromages et en beurre. On venait jusque devant chez elle pour livrer le pétrole pour les lampes, le tabac et les mille et un objets de son quotidien. Elle aurait pourtant aimé, elle aussi, parfois, échapper à cette monotonie, à ce froid intérieur. Elle en détestait d'autant plus ces trois femmes, trop libres selon elle.

Un camion chargé de bois traversa le pont. Léonce suivit un instant des yeux le nuage de fumée bleutée. Le véhicule cahota en franchissant le seuil de l'ouvrage.

Toujours piquée devant les carreaux de la porte, elle laissa de nouveau son regard se perdre. Elle fut presque surprise de se retrouver nez à nez avec la religieuse qui venait comme chaque matin porter son panier.

— Et vous dites que la petite, là, c'est pas bien qu'elle manque l'école ?

L'instituteur, assis à la table de la cuisine, regardait Marie couper les pommes de terre d'un geste régulier. Emeline semblait ne pas s'intéresser à la discussion, campée devant son fourneau. Marie savait pourtant qu'elle n'en perdait rien. Monsieur Adrien, son béret toujours sur la tête, répondit en se donnant un air sévère :

— C'est obligatoire, l'école, Marie. Elle est à l'école primaire. Elle ne doit plus manquer comme ça des trois et quatre semaines d'école. Tu ne lui rends pas service.

On entendait le brouhaha des conversations dans la grande salle. L'instituteur continuait :

— Et puis, c'est quoi, de disparaître comme ça, tous les ans, sans rien dire ?

Le visage de la jeune femme se ferma. Elle baissa les yeux. Monsieur Adrien insistait :

— C'est quoi, hein, Marie, ces manies de disparaître comme ça ? Sans même prévenir !

Elle haussa les épaules, comme une enfant boudeuse.

— Tu ne réponds pas ?

Marie, de plus en plus mal à l'aise, sentait les larmes monter à ses yeux. Emeline se retourna d'un bloc, une louche à la main.

— Monsieur l'instituteur, vous voyez pas qu'elle veut pas répondre ? Laissez-la donc !

Puis, après un instant de silence :

— Si vous vouliez comprendre... eh bien, vous ne pourriez pas.

— Comment ça, je ne pourrais pas ?

Devant le mutisme des deux femmes, il se résolut à se lever. Amandine, à l'autre bout de la table, ses cahiers ouverts devant elle, lui sourit. Il la fixa puis lança :

— Je t'attends demain, alors, ma petite ? Tu auras le temps de réviser tout ça un peu ?

— Vous en faites pas, monsieur Adrien, fit Marie, on saura bien lui faire réviser.

Dans la grande pièce, un verre se brisa. La voix d'Adélaïde tonna :

— Bougre d'ivrogne ! Veux-tu bien me ficher le camp d'ici ?

Puis, par-dessus les rires, la voix avinée de Pierre :

— Je pars si je veux... d'abord... Hein ?

Monsieur Adrien sourit, tendit la main vers la porte et laissa tomber, comme on énonce une évidence :

— Bon, je crois qu'ils vont avoir besoin de quelqu'un pour raccompagner monsieur le menuisier. C'est sur mon chemin... A demain, mademoiselle, et fais bien tes devoirs, hein ?

— Oui, monsieur...

Puis, dès qu'il fut sorti, elle se précipita pour entrebâiller la porte et regarder discrètement le monde des grands, le monde de ceux qui fumaient et qui buvaient, un monde qu'elle n'aimait pas, un monde qui lui faisait parfois un peu peur. Quand il sortit, soutenu par l'instituteur, Pierre se retourna une dernière fois vers les hommes assis dans la salle.

— En tout cas, moi, le juge, je vais le voir quand je veux, vous entendez ? Quand je veux !...

— En tout cas, Pierre, fit monsieur Adrien, si tu ne veux pas le voir plus tôt que prévu, tu ferais bien de rentrer te reposer. Allez, viens, suis-moi.

Et les deux hommes sortirent, l'un soutenant l'autre.

Depuis quelques jours, la neige fondait, gonflant les eaux de la Dordogne. Célestin, debout en bas du pont, regardait le courant furieux noyer les berges, courber les petits arbres plantés le long de la rivière. Aujourd'hui encore, il ne lancerait pas l'épervier. Il n'aimait pas l'hiver. Il devait alors souvent aller se louer dans les fermes, sur les plateaux, pour gagner de quoi manger. Mais il redescendait toujours dans sa vallée, ses trois sous en poche. Quand il avait tout bu, ou tout mangé, à l'auberge, il remontait alors vers le Cantal, à la recherche de quelques jours de travail. Il venait de passer deux semaines vers Mauriac. On parlait là-bas des travaux qui devaient démarrer bientôt, plus bas, sur la Dordogne. Les piles de bois de chêne n'encombraient plus le bord de la route, ni le petit embarcadère, en bas du pont. Y aurait-il de nouveau des bateaux cette année ? Y aurait-il encore des équipages pour partir au printemps ? A sa connaissance, cette année, personne n'avait fait construire de gabare, ni à Spontour, ni plus haut, pas même à Argentat. Bientôt, plus personne ne connaîtrait la rivière comme les bateliers, personne ne saurait plus les malpas[1], plus personne ne connaîtrait l'emplacement exact de chaque rocher affleurant, de chaque gravière[2], de chaque passage étroit au détour d'une courbe.

Il sentit une formidable nostalgie l'envahir. Sa rivière perdait chaque année un peu plus de son histoire, de son passé. Et lui, lui le pêcheur, lui l'ancien batelier, il serait bientôt condamné à regarder couler la Dordogne, sans même pouvoir y jeter son filet si on la lui noyait.

---
1. Passages dangereux sur la rivière.
2. Endroit de la rivière où le lit de gravier affleure parfois.

Il remonta lentement vers le village. La cloche du couvent sonna midi. Il se dirigea vers le pont et s'y arrêta un instant, le visage dans le vent. Il entendit, venant du bas de la vallée, le ronronnement d'une voiture qui remontait le chemin de rive. Les trois sœurs devaient être en train de préparer le repas de midi. Il faisait peut-être même chaud chez elles ? Chez lui, il le savait, il ne trouverait que le froid humide d'une maison aux murs noircis et aux carreaux si sales que la lumière d'hiver ne parvenait qu'à peine à en éclairer l'unique pièce. La grosse voiture noire déboucha au sortir d'un virage.

Il se surprit à penser : Encore ces corbeaux de malheur, avec leurs travaux !

Elle s'arrêta devant chez les trois sœurs. Il eut le temps de deviner la silhouette athlétique de monsieur Jean avant qu'il ne disparaisse derrière la maison. Il se dirigea lui aussi vers l'auberge. Trois hommes, des bûcherons sans doute, buvaient, assis à une petite table près du cantou. Monsieur Jean, debout au milieu de la pièce, parlait à voix basse avec Adélaïde, une Adélaïde qui hochait la tête, les yeux au sol, l'esprit entièrement tourné vers ce qu'il lui disait. Marie sourit en voyant entrer le vieux pêcheur.

— Célestin, te voilà enfin. Tu as fini, là-haut ?

De la main, elle désignait la colline. Il alla prendre place à sa table habituelle. Marie apportait déjà le petit verre rond, avec un pied épais, qu'elle remplit soigneusement à ras bord. Célestin laissa tomber deux pièces de monnaie sur la table. A côté de lui, les trois hommes, qui s'étaient tus en le voyant entrer, reprenaient déjà leur conversation. A leur patois, il comprit qu'ils venaient de plus bas dans la vallée. Emeline passa la tête par la porte de la cuisine pour se faire une idée du nombre de repas à préparer pour midi.

— Célestin, tu manges là ? fit Marie.

Il hésita un instant, puis acquiesça, en jetant un coup d'œil à Adélaïde. Marie lança à son autre sœur :

— Ils seront sept, au moins !

Toujours sans un mot, Emeline referma la porte.

— Eh bien ! Nous ferons comme ça, monsieur Jean, c'est entendu, dit Adélaïde en passant derrière son comptoir. Vous monterez bien vos affaires ? Pour les autres, vous savez bien qu'ici, y a plus trop de place.

Marie n'osait pas le regarder en face. Elle ressentait un trouble profond, de le savoir là. Elle n'osait pas demander à sa sœur combien de temps, cette fois-ci, il avait demandé à rester. Il lui jeta un regard furtif. Leurs yeux se croisèrent. Elle rougit et baissa la tête.

Adélaïde pinça les lèvres et soupira, visiblement agacée par ce manège. Célestin tendait l'oreille. Ses voisins parlaient bateaux. De quels bateaux ? Ils parlaient de naufrage, de noyés, de femmes seules avec leurs enfants. Il brûlait de leur demander de qui ils parlaient, mais il n'osait même pas tourner la tête vers eux.

Monsieur Jean redescendait de l'étage, refermait la porte de l'escalier et venait s'asseoir devant la grande table, à sa place, comme s'il était parti la veille. Marie apportait une nouvelle bouteille de vin aux trois hommes. Elle demanda :

— Les bateaux que vous parlez, là, ils sont partis quand ?

— Et pourquoi tu nous demandes ça, toi ?

Le plus jeune des trois, peut-être un peu plus éméché que les autres, voulait sans doute se faire remarquer. Son ami posa la main sur son bras et répondit, d'un ton compassé :

— Les bateaux qu'il parle, ils sont partis à l'automne dernier. Mais il y en a qu'un qui est arrivé à Libourne.

Marie pâlit. L'homme continuait :

— Les deux autres, ils ont pas voulu passer par le canal, à Lalinde. Ils se sont perdus sur les rochers. Tout le chargement aussi a été perdu.

Puis, après un instant, il reprit, dans un silence complet :

— De toute façon, ils en avaient de trop dans leur barque. Elles étaient trop lourdes.

Marie aurait voulu leur dire, leur crier que ces hommes, elle les connaissait, qu'elle se souvenait de leur départ de l'auberge, un matin de pluie, qu'elle se souvenait de leur dernière soirée ici, au coin du feu, qu'elle se souvenait de leurs derniers mots en partant. Mais à quoi bon ?

Elle murmura :

— Et qui c'est qui en est revenu ?

— C'est les gars d'Argentat. Les autres, ils venaient de par là-haut, vers Soursac, je crois. Paix à leurs âmes...

Célestin se signa, Adélaïde aussi. Monsieur Jean écoutait, sans bien comprendre ce qui se disait. Marie traduisit pour lui. Il tourna lentement les yeux vers la table voisine, sans un mot. Que pouvait-il dire ? Comment avouer ici, devant ces trois gaillards, que dans quelques années la rivière ne coulerait plus, que les bateaux ne passeraient de toute façon plus et, même, que leurs villages seraient noyés sous les eaux ? Pour l'heure, il ne s'agissait que de projets, d'études, mais il savait, lui, monsieur Jean, que même ces murs autour de lui, ce petit couvent trapu, caché derrière son long bâtiment conventuel, de l'autre côté de la rivière, que tout cela était voué à disparaître, noyé, oublié. Il n'en souffrait pas. Il savait tout cela inéluctable, voilà tout. Il savait aussi que cela ne se ferait pas sans souffrances ni déchirements.

Marie passa derrière lui en le frôlant. Il sourit. Adélaïde leva les yeux au ciel. Le jeune Clanche entra à son tour, le visage tout rouge de sa course dans le froid. Il salua la salle d'un sonore « Salut la compagnie ! », puis fila prendre place en face de monsieur Jean, qui allumait une de ses cigarettes si fines et qui sentaient si bon. Célestin, comme par défi, sortit sa blague à tabac sans forme et entreprit de rouler un mégot qui lui collerait aux lèvres jusqu'au soir.

Amandine, allongée dans son lit, écoutait dans le noir la respiration régulière de sa mère. Dans la chambre voisine, Adélaïde fit tomber sa chaise. Elle poussa un juron, un de ces jurons qu'elle n'aurait jamais osé laisser échapper devant les clients. Mais là, elle se lâchait. La fillette sourit. Marie se redressa en demandant :
— Qu'est-ce que c'est ?
— C'est rien, maman, c'est tante Adélaïde, elle fait du bruit.
— Tu ne dors pas, toi ?
— Non ! Je peux pas...
Elle entendit Marie se redresser dans son lit.
— Et pourquoi tu ne dors pas ? Tu devrais essayer... Demain, il y a école, tu sais.
— Je peux pas... parce que...
— Parce que ?
Amandine gardait les yeux ouverts. Elle parvenait à deviner les fentes du volet avec la maigre lumière de la lune. Elle se trouvait bien sous son édredon. Elle ne sentait pas le froid de la pièce.
— C'est monsieur Adrien...
— Qu'est-ce qu'il a, monsieur Adrien ?
— Il a dit que c'est pas bien que je vais pas à l'école.
Marie ne dit mot pendant un instant. Puis reprit :
— Pourquoi il a dit ça ?
— Je savais pas mes leçons comme il faut.

Marie se leva en grelottant et vint s'asseoir au bord du lit de l'enfant. Elle posa à tâtons sa main sur les cheveux de sa fille.

— Ne te fais pas de souci pour ça. Tu sais, c'est normal, ça arrive parfois, de ne pas savoir ses leçons !

La fillette poursuivait :

— Et puis, aussi, il a dit que c'est pas normal.

— Qu'est-ce qui n'est pas normal ?

— Il a dit que c'est pas normal que l'auberge elle ferme.

Marie se pencha sur le front de l'enfant et y déposa un baiser sonore.

— Eh bien moi, je dis que c'est bien notre droit si on veut, de fermer l'auberge quand bon nous semble ! Tu entends ? Maintenant, rassure-toi, et rendors-toi. Je lui dirai, moi, à monsieur Adrien, qu'on a bien le droit de faire comme bon nous semble, si on veut !

Adélaïde donna deux légers coups contre la cloison de bois.

— Tu ne dors pas, Marie ?

— Si, si. C'est la petite, elle a du mal à s'endormir.

— Bonne nuit, alors.

Marie posa de nouveau un baiser sur le front d'Amandine et se glissa dans ses draps encore tièdes.

Quand elle rouvrit les yeux, le jour pointait à peine, Amandine dormait à poings fermés.

La femme descendit du petit camion à plateau, son mari lui tendit la main pour l'aider à poser le pied à terre. Il monta de nouveau entre les sacs de pommes de terre pour jeter au sol son balluchon et une vieille valise de carton difforme qui tenait fermée par une simple ficelle. La jeune femme tenait son enfant serré contre elle. L'hiver se terminait. Dans quelques semaines, les premiers bourgeons feraient reverdir les flancs des collines. L'homme se porta à la hauteur du conducteur, lui tendit la main et dit, dans un mauvais français :

— Moi merci, pour conduire...

Le chauffeur, tout sourire sous sa moustache, sa casquette de travers, fit, d'un ton enjoué :

— Bé, tiens ! Avec ton pitchoune, par ce froid ! Que vous auriez pu marcher encore longtemps, pour arriver jusqu'ici... Vous allez faire quoi, à présent ?

Le gaillard se tourna vers sa femme, comme pour demander de l'aide. Il ne comprenait pas. Elle s'approcha et balbutia :

— Pas comprend. Pas français, parler...

Elle dissimulait sous un foulard aux couleurs vives une chevelure d'un blond tirant sur le roux. Son visage juvénile trahissait une fatigue de la vie qui ne semblait pas de son âge. Son compagnon, traits fins, corps svelte, serra la main du chauffeur et le salua dans une langue un peu rude.

Le camion redémarra dans un grand bruit de ferraille. La femme, accroupie sur le bord du chemin, lança une phrase. L'enfant dormait dans ses bras. Le jeune homme tourna la tête, avisa la petite bâtisse sur le bord de la route mal empierrée. Il la désigna de la main et saisit le balluchon et la valise avant de se mettre en marche vers l'auberge.

Une fillette, accompagnée d'un petit garçon dont le visage disparaissait derrière une grosse écharpe de laine rouge, passa à côté d'eux en courant. Les enfants se retournèrent un instant pour dévisager ce couple inconnu, puis reprirent leur course, le cartable à bout de bras. Sur le pas de la porte, Marie les regardait filer. Elle se tourna vers le jeune couple. Le bébé s'éveillait. Sa mère se mit à le bercer au creux de son bras en fredonnant une mélodie très douce. Le jeune homme regarda Marie et fit signe de la main qu'il voulait manger.

— Vous voulez déjeuner ? C'est ça ?

L'homme répéta :

— Manger, oui, bébé manger...

— Mais qu'est-ce que vous faites là, à une heure pareille... ? Et avec ce froid !

Tout en parlant, elle approchait de la femme et caressait la joue de l'enfant, attendrie.

— Mais vous êtes fous, rentrez donc au chaud, que le petit, il va attraper la mort, si vous restez là comme ça.

En pénétrant dans la pièce, elle lança à voix haute :

— Emeline, viens voir, viens voir ! Et fais chauffer du lait !

Sa sœur sortit de la cuisine, un chiffon à la main.

— Du lait ? Il ne m'en reste que d'hier. Pas du frais. C'est pour la caillade[1].

Puis, regardant la femme qui venait de prendre place au coin du feu.

— Du lait, pas la peine, regarde...

Du doigt, elle désignait l'enfant qui tétait maintenant le sein de sa mère. Marie sourit. L'homme se campa devant elle et fit signe, du dos de la main contre sa joue, qu'il recherchait un endroit pour dormir. Il prononçait toujours le même mot, comme si le fait de le répéter à l'envi pouvait finir par le rendre intelligible.

— Dormir, c'est ça que vous voulez ? demanda Marie, mal à l'aise.

L'autre approuvait de la tête, en répétant le même mot et en faisant toujours le même geste. Emeline s'approcha de lui et répéta à son tour le mot qu'il tentait de faire

---

1. Fromage blanc très frais.

comprendre à Marie. Le visage du jeune homme s'éclaira. Emeline se tourna vers sa sœur.

— Je crois que c'est des Polonais. Il dit qu'il veut dormir.

Marie fixait sa sœur, étonnée.

— Tu comprends le polonais, toi ?

— Tu te souviens de la gouvernante, quand nous étions petites ?

— Marika ?

— Oui. Marika. C'est elle qui me gardait. Elle était de là-bas. Tu vois, il me reste des mots... Je n'aurais jamais cru m'en souvenir encore !

— Ils sont polonais ?

— Oui, je crois.

Tout en parlant, Marie sortait une assiette, du pain, et tranchait un peu de jambon. La femme tourna la tête vers la nourriture. L'homme n'osait pas bouger. Emeline le regardait toujours, songeuse. Elle finit par montrer la table. L'homme s'assit, regarda les deux femmes et désigna son épouse :

— Barbara !

Puis, le doigt sur sa poitrine :

— Marek, Marek...

Tout en répétant son nom, il martelait sa poitrine. Il trancha un bout de pain et le porta à la jeune femme assise devant le feu. L'enfant tétait toujours. Marie se tourna vers sa sœur.

— A ton avis, qu'est-ce qu'ils font là ?

Emeline haussa les épaules.

— Peut-être pour le chantier ? Après tout, il paraît qu'il y en a déjà qui sont arrivés vers Spontour et par là. Soi-disant qu'il y aurait tous les jours des gens qui arrivent.

— Il faudra demander à monsieur Jean. Il sait ça sûrement, lui.

Adélaïde pénétra dans la pièce, un panier à la main.

— Décidément, ça marchait mieux avec Marcellin. La Léonce, à part pleurnicher, ça ne sait rien faire... Même pas fichue de me donner du beurre frais ce matin ! Enfin, on fera avec ce qu'on a...

Puis, avisant le couple :

— Bonjour, monsieur, madame.

Et, à sa sœur :

— Ils sont là depuis quand ?

— Ils viennent d'arriver, pourquoi ?

— Pour rien.

Elle fila dans la cuisine poser son panier trop lourd pour elle. Marie la rejoignit.

— On fait comment pour les loger ?

Adélaïde se retourna.

— Les loger ? Mais comment veux-tu faire ? Tu veux les mettre où ?

Marie aidait sa sœur à ranger les affaires. Le fourneau dégageait une chaleur douce. Un faitout de soupe chauffait sur un coin de la cuisinière. Marie reprenait :

— De toute façon, on peut pas les mettre dehors, avec le petit.

Adélaïde soupira.

— Il faudra demander aux bonnes sœurs, peut-être ? De toute façon, ils ne vont pas rester là bien longtemps, s'il doit s'embaucher au chantier ?

— J'irai voir les religieuses, alors. En attendant, mets-les dans ma chambre. Il faudra bien que le bébé dorme un peu.

Quand monsieur Jean se gara sur le bord de la route, Marie se précipita à la fenêtre et écarta doucement le rideau pour le regarder approcher. Adélaïde, presque malgré elle, leva de nouveau les yeux au ciel en soupirant.

9

Beaudecroche regardait son jeune collègue avancer à pas mesurés dans la ruelle boueuse qui serpentait entre les quelques cabanes de planches bâties à la hâte en contrebas du chantier. Il se tourna vers l'homme qui l'accompagnait, gronda :

— Et vous me dites que tout ce beau monde, là, est en règle ?

— Sûr, brigadier. Ils sont tous là pour travailler.

— Pour travailler, je me doute bien, oui, mais leurs papiers ?

Le jeune homme haussa les épaules. Il portait une paire de lunettes rondes qui donnait à son visage un air enfantin. Le chemin de rive, autrefois étroit et bordé d'herbes folles, ne ressemblait aujourd'hui plus à rien, défoncé par les camions qui charriaient sable et pierres. Quelques centaines de mètres plus haut, on commençait tout juste à abattre les arbres qui subsistaient encore sur les flancs abrupts de la colline. Une passerelle de métal branlante, qui reliait provisoirement les deux rives, servait de pont entre les deux côtés du chantier. Les ouvriers creusaient dans la roche un tunnel, dans lequel la rivière viendrait bientôt s'engouffrer pour laisser le lit à sec.

Le jeune contremaître reprenait :

— Les familles qui sont là, on en a bien besoin. Allez pas leur faire des misères... Si par cas il y en avait qui seraient pas trop en règle, on arrangera ça, rassurez-vous.

Beaudecroche marmonna :

— Oui ! Pas trop réglementaire, tout ça...

Devant lui, le jeune gendarme frappait à une des bicoques. Une femme en fichu lui ouvrit, un peu effrayée. Le gendarme demanda, d'un ton autoritaire :

— Vos papiers... Papiers, vous comprenez ?

Elle restait debout devant lui, à essayer de deviner de quoi il s'agissait. L'autre répétait :

— Papier, c'est français pourtant, non ? Vous parlez français ? Français ?

La jeune femme restait debout devant lui, sans réaction. Beaudecroche soupira et lança, l'air las :

— Laissez, voyons, vous voyez bien qu'elle ne comprend pas !

— Je fais quoi, alors, chef ?

— Laissez faire, on reviendra...

Puis, tourné vers son interlocuteur :

— En attendant, vous serez gentil de me faire une liste de vos gars, là-haut, sur le chantier. Je voudrais bien savoir où on en est, avec tout ça. C'est que, des gars, il en arrive de partout avec votre affaire. Il s'en loge dans la moindre chambre, dans le moindre bout de grenier, à dix kilomètres à la ronde. C'est bien beau, mais ça va nous mener où, tout ça ?

La femme refermait sa porte. Le gendarme, attentif à ne pas trop crotter ses gros souliers, marchait en levant haut les jambes, dans une démarche un peu ridicule. Beaudecroche reprenait :

— Je repasse dans une semaine. Vous me regardez ça ?

Puis, après un instant :

— On vous trouve où ?
— Chez les trois sœurs, à Saint-Projet.

Le gendarme sourit et leva les yeux au ciel. Un oiseau planait au-dessus de la falaise de granit dans laquelle des hommes taillaient une petite route étroite à coups de barres à mine et de burins. L'hiver se terminait. La nature piaffait d'impatience de retrouver ses couleurs de printemps. Beaudecroche se tourna de nouveau vers le jeune homme.

— La table est bonne, hein, là-bas ?

Le contremaître sourit. Avant de remonter dans sa camionnette, le brigadier se retourna une dernière fois.

— Et votre bazar, là, ce sera fini quand ?
— Quand ? Alors là ! On sait quand ça commence, tout ça. Quand ça finit, c'est autre chose ! Ça fait à peine deux mois qu'on s'y est attaqués. Alors, pour la fin du chantier... Préparez-vous à voir du monde ici encore quelques années !

Les épaules de Beaudecroche s'affaissèrent d'un coup. Il soupira profondément puis claqua la portière avant de démarrer.

Monsieur Jean, le pantalon maculé de boue, une barbe de quelques jours sur le visage, sa veste trempée sur les épaules, vint se réfugier devant le feu. Marie se précipita.

— Enlevez-moi ça, vous allez attraper la mort !

Elle saisissait le vêtement humide et courait le suspendre dans la cuisine, à côté du fourneau. Monsieur Jean fouilla sa poche et en sortit un paquet de cigarettes tout tordu. Il en redressa une du bout des doigts avant de l'allumer d'un geste souple.

Marie, revenue, ne le quittait pas des yeux. Clanche ne vivait plus à l'auberge. Depuis un mois, il habitait une maisonnette louée pour l'occasion, un peu plus bas dans la vallée, à côté du chantier. Monsieur Jean en revanche faisait durer le plaisir de vivre là, entouré de ces trois femmes qui prenaient soin de lui comme d'un mari, ou d'un frère. Pourtant, il le savait, il ne pourrait pas rester là encore bien longtemps. Il ne faisait juste rien pour partir.

La nuit tombait à peine. Une odeur de soupe et de feu de bois flottait dans la pièce, mêlée au tabac et à l'alcool. Lui, le Parisien, le citadin, il commençait à s'accoutumer, à aimer cette ambiance chaude, ces moments de silence, à regarder brûler quelques bûches, à écouter vivre la maison, à regarder exister ces trois femmes dont il ne savait rien, sinon qu'elles étaient sœurs. Parfois, il tentait bien d'entamer la conversation, de les faire parler d'elles, pour savoir d'où elles venaient, pourquoi elles tenaient cette auberge, depuis quand... A chaque fois, le même silence poli, pour toute réponse. Seule Marie semblait vouloir parler. Mais un regard sévère d'Adélaïde suffisait à la faire taire.

Une fois, une seule, Marie s'était confiée à lui pour lui dire qu'elle attendait le père de sa fillette depuis maintenant plusieurs années. Elle se souvenait encore du sourire en coin de monsieur Jean. Depuis, elle s'était bien gardée de lui confier quoi que ce soit d'autre.

Adélaïde, assise derrière son comptoir, tricotait en marmonnant. Sans doute comptait-elle ses mailles. Marie dressait le couvert du soir sur la grande table. Deux vieux jouaient aux cartes dans un coin, en parlant à voix basse. Monsieur Jean leur jetait de temps à autre un coup d'œil. Il suivait la partie, sans vraiment y prêter attention. Il se sentait bien. Il croisa le regard de Marie et se sentit rougir. Il eut honte de lui. Pour se donner une contenance, il toussota dans sa main et tira sur sa cigarette.

Adélaïde releva la tête. Elle regarda sa sœur, piquée au milieu de la pièce.

— Eh bien ! Ne reste donc pas là, plantée comme ça... Tu n'as rien d'autre à faire ?

Marie sembla reprendre ses esprits. Elle se dirigea vers la cuisine, non sans lancer à sa sœur aînée un regard noir.

Amandine jouait dans un coin de la cuisine, avec une poupée de chiffon. Emeline, assise sur une chaise basse devant le fourneau, lisait un petit roman à couverture bleue, un de ces romans d'amour que l'on achetait pour quelques sous sur les marchés. D'où venait-il, celui-là ? Elle-même ne le savait pas. Oublié peut-être par un voyageur ? Le temps et les heures ne semblaient pas avoir de prise sur cette femme un peu boulotte, entre deux âges, qui paraissait ne pas se soucier de son aspect physique, encore moins de trouver un mari. Elle se sentait bien, là, entre ses deux sœurs, sa petite nièce et ses chers fourneaux.

Marie rêvait, au contraire, de l'amour parfait, de cet homme qui, un jour, viendrait la chercher, viendrait lui dire des mots qu'elle brûlait d'entendre. Elle aimait ses sœurs, mais elle étouffait dans cette auberge trop petite pour elle, dans cette vallée trop sage, entre la rivière et le couvent. Et puis, tous ces hommes qui, chaque soir, un peu trop avinés, la regardaient avec convoitise, tous ces hommes finissaient par lui répugner. Elle ne se l'avouait pas, mais elle rêvait d'un ailleurs ensoleillé, d'un ailleurs avec des rues pavées, avec de belles toilettes, avec de beaux meubles, avec surtout de la lumière partout, du chaud et de la couleur.

Monsieur Jean l'observa encore à la dérobée lorsqu'elle revint dans la grande pièce. Elle rougit et, pour se donner une contenance, fila de nouveau à la cuisine. Amandine, les yeux rouges de sommeil, la regarda entrer sans un mot.

Quand elle retraversa la grande pièce, sa main dans celle de l'enfant, monsieur Jean dut faire un effort pour ne pas se retourner et la suivre des yeux.

Elle frissonna dans la chambre glacée et posa sa lampe Pigeon sur la table de toilette. La lumière un peu jaune suffisait à peine à éclairer le visage de l'enfant. Marie, assise sur le bord du lit de sa fille, sa main caressant le front de l'enfant, se surprit à tendre l'oreille, à l'affût du pas un peu lourd de monsieur Jean.

On entendait parfois rouler le bruit d'une explosion dans la vallée. Il arrivait par bribes, porté par le vent, par-dessus le chant de la rivière. On attendait le jugement dans l'affaire de l'incendie de la grange de Crouzille. Chaque matin, Pierre guettait le pas du facteur. A chaque visiteur, il répétait qu'on verrait ce qu'on verrait à Tulle, et qu'il ne se laisserait pas impressionner par tous ces messieurs les juges... Célestin en souriait. Emile, lui, refusait d'en parler. Tout cela l'effrayait un peu. Léonce ne voulait pas se l'avouer, mais elle enviait le menuisier. On allait le regarder, lui, l'écouter, lui donner de l'importance. Et elle, elle restait là, dans sa minuscule boutique, à regarder filer le temps, entre les religieuses et les ragots du village. Elle se demandait à présent s'il ne vaudrait pas mieux, pour son commerce, fermer boutique ici et aller le rouvrir dans le village de planches des ouvriers du barrage, qui voyait chaque jour de nouvelles baraques se monter.

Un soleil timide, à la lumière un peu blanche, baignait la vallée. Dans son coin, au pied de la colline, assis devant son moulin au toit de chaume, Emile mangeait un peu de pain et de lard gras, un verre posé à côté de lui, devant une bouteille à demi vide. Il écoutait le bruit régulier de la meule et le *clac clac* rapide du mécanisme en bois. Il tressaillit en devinant, au bout du petit chemin, la silhouette de Beaudecroche. Le brigadier avançait vite, l'air préoccupé. Emile se hâta de ranger son repas. Il resta un instant interdit devant le gendarme qui le saluait d'un sonore :

— Salut, meunier, c'est la pause ?

Emile le fixait, pas vraiment rassuré, le visage sans expression, attendant que l'autre fasse le premier pas. Beaudecroche ôta son képi et toussota.

— Tu te demandes pourquoi j'ai poussé jusqu'ici ?

— Un peu, oui !

— Je vais te le dire...

Le meunier le coupa, une lueur de malice dans le regard :

— Ton jeune, là, il est pas là ?

Ce fut au tour de Beaudecroche de laisser filer une petite flamme dans son regard.

— Non ! Je l'ai envoyé chez les bonnes sœurs, figure-toi ! Qu'est-ce qu'il va encore trouver à me faire, là-bas ?

— Tu bois un verre ?

Le chef lorgnait la bouteille. Emile se leva, passa dans le petit moulin et en ressortit avec un verre qu'il rinça avant de le remplir.

— Bon ! Tu es pas venu là que pour me voir et boire un coup ?

Beaudecroche toussota de nouveau, mal à l'aise.

— Emile, c'est mes chefs. Ils trouvent que c'est pas bien normal, ces histoires des aubergistes, là, tous les ans, qui se fichent le camp et qui veulent même pas dire pourquoi. Alors, voilà, je viens te voir, des fois que tu saurais quelque chose...

Le meunier se rassit sur son banc de bois. Beaudecroche n'osait pas en faire autant. Il restait debout, son verre à la main. Emile baissa les yeux.

— Tu sais, Beaudecroche, elles font bien ce qu'elles veulent, non ? Après tout, pourquoi on s'en mêlerait, de tout ça, hein ? Elles font rien de mal ? Elles sont juste pas là, c'est tout.

Le gendarme grogna :

— Rien de mal, rien de mal... tu en as de bonnes ! Qu'est-ce que tu en sais ?

— J'en sais pas plus que toi. Mais, bon sang, vraiment, tu peux pas leur foutre la paix ? Elles font quoi, de mal ?

— Je sais pas, moi ! Mais tu me diras pas que c'est normal, ça, ces filles qui fichent le camp comme ça sans rien dire, tous les ans, et qui reviennent sans dire où elles étaient ! Ça cache bien quelque chose, non ?

Emile sourit, rassuré de voir le gendarme aussi peu convaincu du bien-fondé de sa démarche, mais néanmoins obligé de faire semblant de l'être. Il marmonna :

— Et après tout, elles font bien ce qui leur chante, non ? Nous, quand on était à la guerre, elles sont bien restées là pour faire tout marcher...

Beaudecroche planta son regard dans celui du meunier. Il sut à cet instant qu'il n'en tirerait rien. Emile se redressa et se précipita dans la petite pièce chaude qui sentait la farine et l'eau fraîche.

— Si on n'y prend garde, le grain, il se ralentit, et la meule, elle tourne trop vite. Je voudrais pas la voir se décrocher. C'est arrivé, avant la guerre, au meunier de Vaur. Il y a laissé la peau.

Tout en versant un nouveau sac de blé, il continuait :

— Faut dire aussi qu'il buvait autant que sa roue pouvait passer d'eau.

Puis, reposant le sac de toile vide dans un coin :

— Au moins, il aura pas eu le temps de voir les horreurs de la guerre, le malheureux !

Beaudecroche, dans la porte, prenait toute la lumière. Seule une minuscule ouverture donnait assez de jour pour éclairer le moulin.

— Bon, c'est pas pour que tu me racontes tout ça que je suis descendu te voir, fit-il d'un ton rogue. Tu sais vraiment rien ?

— Non, rien. Et même, je m'en vais te dire une bonne chose... J'espère bien que là où elles vont, elles se donnent du bon temps. Ecoute-moi, Beaudecroche, figure-toi que si je pouvais en faire autant, je me gênerais pas. On a assez souffert, toutes ces années. Pourquoi ? Tu veux me le dire... Hein ? Pourquoi ?

Et l'autre de bredouiller :

— Pourquoi... ? Mais... pour servir notre pays... Et puis, ces maudits Allemands... !

— Pas plus maudits que toi, les pauvres gars ! Eux aussi, ils en ont laissé, des femmes seules, des gamins orphelins... Allez, c'est terminé, tout ça ! Laisse-les, les pauvres, elles font bien comme bon leur semble.

Puis, comme s'il était de nouveau seul, il se mit à fredonner *La Chanson de Craonne*, les yeux humides. Beaudecroche lança :

— Tu devrais pas chanter ça ! Il y en a qui en sont morts !

Emile se redressa de toute sa petite taille et laissa tomber, le visage grave :

— Justement, moi pas... moi pas et eux, oui !

— Bon, bé, je te remercie. Je vais aller voir si mon loustic a pas fait encore des siennes...

Il tourna les talons, le *clac clac* régulier du moulin dans l'oreille. Quand il arriva à la hauteur du pont, aux premières maisons, il vit arriver son jeune collègue, la démarche hésitante, le képi de travers. Un peu en retrait, il devina le menuisier, hilare, au milieu du che-

min, qui regardait le jeune homme repartir. Beaudecroche lui lança un regard noir et se précipita.
— Vous êtes saoul ?
— Moi... Non, enfin... non, je crois pas.
— C'est chez les bonnes sœurs que vous avez bu ?
— Les bonnes sœurs... Non, chef, pas... les bonnes sœurs. De toute façon, elles savent rien...

Il parlait de façon confuse, comme si les mots se bousculaient dans sa bouche pour en sortir plus vite les uns que les autres. Il reprenait, après une embardée :
— En tout cas, le... le menuiser... il m'a parlé...

Il prenait soudain un air mystérieux.
— Et il a dit quoi, cet oiseau ?
— Il a dit... Il a dit... qu'il savait rien, non plus !

Ils arrivaient à leur voiture, devant l'auberge. Un camion malodorant, chargé de graviers, passa dans un nuage de poussière. Adélaïde, debout devant sa porte, les regardait arriver, un air moqueur sur le visage.
— Dites donc, brigadier, il lui en faut peu, à votre gars, là !

Beaudecroche lança, grognon :
— Oh, vous, là, hein, ça va !

Puis il claqua la portière et fit ronfler le moteur, avant de démarrer brutalement en faisant cahoter la voiture.

Marie fixait distraitement la salle. L'esprit ailleurs, elle laissait son regard aller d'une table à l'autre. Depuis que les travaux prenaient de l'ampleur, on trouvait de plus en plus difficilement à se loger dans la vallée. Certains faisaient plusieurs kilomètres à pied chaque jour pour venir embaucher. Le midi, désormais, l'auberge ne désemplissait plus. Emeline ne sortait presque pas de sa cuisine. Adélaïde faisait tourner la maison d'une poigne de fer. Il arrivait souvent, le soir, que les hommes trop fatigués, trop saouls, se cherchent querelle. Elle savait alors y mettre bon ordre. Enfin, pas toujours. Il arrivait parfois, surtout avec les gaillards venus de Pologne, que la passion soit plus forte que la raison. Les querelles se réglaient la plupart du temps dehors. Même ivre mort, pas un de ceux-là ne se serait permis un écart de conduite dans l'auberge. Adélaïde les aimait bien. Elle les craignait aussi un peu, parfois, mais quand ils étaient trop tristes, qu'ils se sentaient trop loin de chez eux, quand la nostalgie les reprenait, alors ils se laissaient aller à chanter de longues mélopées à vous arracher le cœur de tristesse. Parfois, aussi, il fallait savoir en consoler un plus triste, un plus désespéré, un qui se sentait, le temps d'une ivresse, redevenir petit garçon. Adélaïde s'asseyait alors avec eux, en prenant bien soin de prendre son tricot sur ses genoux.

Marie regarda la pendule. La lampe à pétrole l'éclairait à peine. Minuit approchait. Les ouvriers ne semblaient pas vouloir lever encore le camp.

Elle bâilla. Amandine dormait toute seule à l'étage. Monsieur Jean se concentrait sur une réussite, levant à peine, de temps en temps, les yeux vers la salle. Le feu finissait tout doucement de s'éteindre.

Un des hommes fit signe d'apporter de nouveau à boire. Marie sortit emplir un pichet de vin. Quand elle le posa sur la table, l'un d'entre eux lui passa la main sur les fesses en riant. Elle sursauta et le gifla, sous les rires de ses compagnons. Le garçon, la main sur la joue, ne riait pas du tout, lui. Il se leva et, d'un geste brusque, prit la jeune femme par la taille pour tenter de poser un baiser sur ses lèvres. Elle voulut se dégager. Elle se sentait ridicule devant tous ces hommes, à devoir se défendre ainsi, sans y parvenir.

Aux tables voisines, on commençait à se demander s'il ne fallait pas intervenir quand, avec calme, monsieur Jean posa la carte qu'il avait en main et vint se camper devant le couple enlacé. Il posa la main sur l'épaule du jeune ouvrier. Ce dernier lâcha Marie, qui s'éloigna avec une moue de dégoût.

Le jeune homme paraissait surpris. Il se forçait à montrer un visage menaçant, comme pour affirmer son autorité sur cet homme aux cheveux gris qui le regardait comme on le ferait d'un enfant pas sage. Monsieur Jean dit quelques mots dans une langue que Marie ne comprit pas. L'autre, l'air bravache, prit un air supérieur et moqueur pour répondre, voulut se rasseoir. Il n'en eut pas le temps. Sans bien comprendre ce qui lui arrivait, il se sentit happé par le col de sa veste et traîné dehors par la poigne de fer d'un monsieur Jean pâle et agacé. Il alla rouler dans la poussière du chemin.

Deux de ses compagnons s'étaient levés, la démarche hésitante, pour tenter de lui porter assistance. Monsieur Jean, toujours calme, toujours blanc, se campa devant eux et, toujours dans leur langue, leur fit signe de sortir. Ils paraissaient dessaouler à vue d'œil. La porte s'ouvrit lentement.

Alors, dans un silence total, on vit le visage du jeune Polonais s'encadrer dans l'ouverture, le cheveu en désordre, la veste déchirée. Devant son air penaud, on entendit soudain un rire fuser, puis un second, puis enfin toute la salle rit de bon cœur. L'homme fit un pas hésitant puis, rasant les tables, vint récupérer son chapeau et fila, entraînant ses amis avec lui.

Monsieur Jean restait planté debout devant le bar. Marie ne le quittait plus des yeux. Il se dirigea vers sa table et, pour se donner une contenance, alluma une de ses petites cigarettes qui sentaient si bon. Adélaïde lança :

— Et avec tout ça qu'ils m'ont pas payée, ces cochons !

Monsieur Jean, plongeant la main dans sa poche, en sortit une poignée de pièces qu'il jeta sur la table.

— Payez-vous. Moi, je saurai bien les retrouver. Ces trois-là, ça fait un moment qu'ils me chauffent les oreilles, au chantier.

Puis, après un instant de réflexion, sa cigarette entre le pouce et l'index :

— Il ne faut pas leur en vouloir. Ils sont plus bêtes que méchants. Ils avaient trop bu, voilà tout.

Marie remit un peu d'ordre à ses cheveux et vint débarrasser la table. Les hommes se levaient, les uns après les autres. La salle se vidait d'un coup. Dans la cheminée, le feu finissait de s'éteindre. Quand tous les hommes furent sortis, Adélaïde ouvrit en grand la fenêtre pour faire rentrer un peu d'air frais, avant de monter se coucher. Monsieur Jean, impassible, reprenait sa réussite.

— Vous ne vous couchez pas ? demanda Marie, timidement.

Sans même relever la tête, il répondit, l'esprit visiblement ailleurs :

— Non... Je dois terminer... Je n'aime pas laisser une réussite en plan. Je déteste ça.

Marie s'enhardit à s'approcher de lui, les mains à plat sur le haut de ses hanches fines.

— Vous... Enfin, ça marche comment ça, une réussite ?

Il leva les yeux, un sourire sur les lèvres. A l'étage, on entendit Adélaïde qui posait ses souliers puis, un instant après, son lit grincer.

— Vous ne montez pas vous coucher ? Votre sœur, Emeline, dort déjà depuis un moment, non ?

— Oh ! Elle, c'est un vrai bonnet de nuit. A part ses fourneaux et ses petits romans, rien ne l'intéresse vraiment.

Elle se tordait le cou pour tenter de voir les cartes dans le bon sens. Monsieur Jean fit, d'un ton doux :

— Ne restez pas là, venez à côté de moi, que je vous explique.

Elle sembla hésiter un instant puis, s'enhardissant, tira une chaise et vint prendre place à côté de lui, assise sur le bout d'une fesse, prête à se relever d'un bond.

— Vous voyez, Marie, je dois faire des séries dans l'ordre et par familles de couleur. Roi de pique, dame de pique, valet de pique, etc., et il ne doit me rester aucune carte dans la pile, là, à côté. Je termine celle-ci et je vous laisse essayer.

Elle bredouilla :

— Mais... mais vous devez être fatigué. Vous avez sûrement mieux à faire...

Il haussa les épaules. Le regard sur le jeu, il plaçait les cartes les unes après les autres en les pliant légèrement à chaque fois qu'il les posait. Marie ne quittait pas ses mains du regard. Il tenait sa cigarette dans le coin de sa bouche, en fermant l'œil, pour que la fumée ne le pique pas.

— Voyez, celle-là est réussie. A votre tour.

Tout en parlant, il battait les cartes. Il se leva, désignant sa chaise.

— Prenez ma place, vous serez mieux.

Debout derrière elle, il plaçait les cartes en se penchant par-dessus son épaule. Elle aurait voulu se trouver à des lieues d'ici, le corps entièrement enveloppé de la présence de cet homme qui la troublait tant. Monsieur Jean commença sans un mot à jouer les premières cartes puis dit, d'un ton doux :

— A vous maintenant. Vous comprenez le principe ?

— Je... Oui, je crois, enfin...

Il vint s'asseoir face à elle. Elle en conçut à la fois un soulagement et du dépit. Elle s'en voulut de ce trouble qu'elle ressentait. Monsieur Jean jeta sa cigarette dans la cheminée. Il prit sa respiration, voulut parler, se retint. Elle n'osait plus lever les yeux. Enfin, il murmura :

— Dites-moi, vous savez qu'on parle beaucoup dans le village...

Elle le fixa, sans oser croiser vraiment son regard. Il poursuivait :

— Tout ce temps où vous avez fermé. On m'a dit que c'était tous les ans ?

Elle baissa de nouveau les yeux, comme pour cacher sa gêne, en bredouillant :

— Les... les gens parlent...

Impitoyable, il poursuivit :

— Il paraît que personne ne sait pourquoi vous fermez ainsi tous les ans, c'est vrai ?

Elle s'enhardit :

— Et alors ? Peu importe, après tout, ce qu'on fait ou pas, non ?

— Et à moi, vous ne voulez pas le dire ?

Elle posa la carte qu'elle tenait encore, soupira et laissa tomber, d'une voix soudain raffermie :

— Vous me pardonnerez, je dois... Enfin, ma petite fille est toute seule dans sa chambre. Je vais me coucher.

Elle se leva, le regard fuyant. Un dernier coup d'œil au jeu, comme si elle hésitait. Puis, tout en se dirigeant vers l'escalier :

— Il ne faut pas m'en vouloir, monsieur Jean. Je suis un peu fatiguée.

— Laissez, je comprends. J'éteindrai. Je vais finir votre jeu. Je vous dirai s'il était bon demain. Bonne nuit.

— Bonne nuit, merci.

La marche craqua sous son pas, comme chaque fois. Monsieur Jean resta un moment perdu dans ses réflexions. Il finit par hausser les épaules en murmurant :

— Et après tout ?

Puis il se replongea dans son jeu. Ce fut Emeline qui le trouva, au matin, endormi sur sa chaise, une carte à ses pieds, qui avait glissé de sa main, sa réussite presque terminée. Elle prit bien garde de ne pas le réveiller en traversant la salle pour aller se réfugier dans la cuisine en riant.

— Et tu dis que le juge osait plus rien dire ?
— Non, pas le juge ! L'avocat... Il faisait plus le malin, je te dis !

Pierre, adossé au bar, les coudes posés sur le comptoir, toisait la salle d'un air hautain. La veille au soir, la patache l'avait laissé un peu plus haut, à Mauriac. Un camion de gravier l'avait ensuite déposé, à la nuit tombée, devant chez les trois sœurs. Depuis, il y buvait. A chaque nouveau client, il recommençait son histoire, en l'enrichissant au passage de nouveaux détails. Et à chaque fois il se faisait payer à boire pour raconter encore et encore, si bien qu'à l'heure du dîner il ne se trouvait plus en état de rentrer seul chez lui.

Adélaïde, derrière son bar, assise sur sa petite chaise de paille, le surveillait en coin. Marie allait et venait, prenant bien soin de ne pas s'approcher trop près de lui. Célestin sirotait un verre de vin en y trempant à peine les lèvres, comme pour le faire durer le plus longtemps possible. De temps à autre, il levait le regard jusque sur le menuisier, souriait doucement et reprenait sa rêverie.

Pierre venait de redémarrer, à l'intention d'un jeune ouvrier qui logeait dans une bicoque, un peu plus bas que l'auberge.

— L'avocat, tu veux que je te dise ? Eh bien, il voulait me faire dire que j'avais rien vu... ! Mais moi, je sais bien ce que j'ai vu !
— Et alors, tu as vu quoi ?

A cette question, il répondit, comme les fois précédentes, prenant un air entendu, le doigt pointé vers son interlocuteur :

— Ça... ça, j'ai pas le droit de le dire...

Puis, à voix plus basse :

— Tu comprends, c'est pour le juge, ça. Ça se dit pas...

Le jeune homme rit, puis lança, comme pour se moquer :

— Si tu l'as déjà dit au juge, tu peux bien le dire ici ?

Pierre, content de trouver enfin quelqu'un qui paraissait s'accrocher à son histoire, se retourna vers le bar et fit, d'un ton un peu embrouillé :

— A... Adélaïde, tu me ressers un coup ?

Elle se dressa en soupirant, le regard plein de reproches.

— Tu m'en fais un beau, tiens, de juge, toi ! Prends garde que ce soit pas toi qui te retrouves un jour là-bas, avec un avocat ! A force...

— A force de quoi ? Hein... ?

— A force de te faire croire des choses...

Un éclat de rire dans la salle. Le jeune ouvrier revenait à la charge :

— Et ton procès, alors, tu as dit quoi ?

Pierre n'eut pas le temps de répondre. La porte s'ouvrit sur monsieur Jean, le pantalon tout crotté de boue, sa cigarette au coin de la bouche. Pierre se tut. Marie se précipita.

— Comme vous vous êtes mis !

Elle portait les deux mains à ses joues en parlant. Dans l'embrasure de la porte de la cuisine, Amandine observait la scène. Elle n'osait pas entrer dans la salle. On entendait Emeline tisonner le fourneau.

— Figurez-vous, Marie, que j'ai glissé sur le chantier du batardeau...

Il riait en parlant. Le jeune ouvrier ne parlait plus, peut-être impressionné par la présence du patron. Marie tendait maladroitement la main.

— Montez vite vous changer. Je vais arranger ça.

Par-dessus la silhouette de l'enfant, on vit celle de sa tante se découper. Elle souriait en regardant sa sœur piquée au milieu de la salle, le rouge aux joues devant cet homme qui, même couvert de boue, restait le même, élégant, détendu, souriant. Pierre, vexé sans doute qu'on ne s'intéresse plus à lui, marmonna, comme pour tenter de reprendre la main dans la discussion :

— Bon, ben, moi, je vais manger.

Puis, tourné vers la salle, à haute voix :

— Marie, tu me mettras un couvert, tu veux ?

Monsieur Jean lui lança un regard glacé. Il reprit, plus bravache que jamais :

— Et puis une bouteille de vin bouché. Nom de Dieu ! Faut fêter ça !

Monsieur Jean tourna de nouveau la tête et murmura :

— Fêter quoi ?

Pierre, de nouveau la cible de tous les regards, prit son temps pour répondre, jouissant bien de l'intérêt qu'on lui portait de nouveau :

— Fêter qu'il y a un voyou en prison, grâce à moi ! Six mois qu'il a pris, tu entends ? Six mois, le voyou !

Adélaïde éclata de rire, derrière son comptoir.

— Un gangster, comme tu y vas, Pierre. Un pauvre gars, oui, un peu dérangé, ça, oui !

Et de la main elle se vrillait la tempe.

— N'empêche, sans moi, s'il s'en tourne, c'est peut-être bien ta maison qu'il ferait brûler, hein ? Hein ? T'en dis quoi, de ça, toi, la patronne ?

Alors, d'un ton très calme, la patronne fit, sans relever les yeux de son tricot :

— J'en dis que si tu continues de me parler sur ce ton, tu vas prendre une calotte !

Pierre voulut répliquer mais, croisant le regard de monsieur Jean, il se ravisa et vint s'asseoir devant la grande table en grognant. La tablée fut bientôt complète. Les ouvriers poussaient la porte, les uns après les autres, souvent hagards de fatigue, les vêtements couverts de boue, les godillots lourds de terre.

Emeline passait de temps à autre la tête par la porte de la cuisine et souriait à chaque fois de voir tous ces hommes épuisés venir s'asseoir à *sa* table, devant *son* repas. Elle aimait l'idée que la salle vive, que tous ces hommes se sentent bien chez elle, comme si quelque part elle était un peu leur maman. On entendait parler plusieurs langues. L'italien, l'espagnol et le polonais aussi, qui fascinait tant Amandine. La fillette passait entre les tables pour monter se coucher, sous le regard tendre de ces hommes qui, peut-être, avaient laissé au pays une femme et une petite fille comme elle. Elle n'osait pas les regarder, mais elle se sentait fière de l'intérêt qu'elle suscitait. Monsieur Jean souriait, seul dans son coin. Derrière le comptoir, Adélaïde dodelinait de la tête, luttant contre le sommeil, avant de se laisser aller, le menton contre la poitrine, les mains ouvertes sur les genoux.

Marie suivit le regard de monsieur Jean et retint une moue amusée. Elle avait hâte que la salle se vide pour, enfin, se retrouver seule, l'espace d'un instant, avec lui et lui poser une question qui depuis trop longtemps lui brûlait les lèvres : « Monsieur Jean, quel est votre prénom ? »

10

Les collines perdaient chaque jour un peu plus leurs couleurs d'hiver. Un frémissement de verts et de rouges agitait la forêt, masquant chaque matin un peu plus les ombres des sous-bois et les coulées de pierres grises qui dévalaient jusqu'à la rivière.

Amandine, éveillée avec le jour, écoutait les bruits de la maison, des bruits familiers, des bruits qui, chacun, racontaient une histoire. Celui des chaises qu'on posait sur les tables le temps de balayer la grande salle, celui du fourneau qu'Emeline rallumait, celui de la grande pompe à eau, dans la cuisine, celui des bouteilles qu'Adélaïde posait derrière le bar, et puis celui, plus discret, de la Dordogne, un roulement qui arrivait par vagues portées par l'air tiédissant.

Elle se leva silencieusement, frissonnante, ouvrit le plus discrètement possible la porte de sa chambre. Au bout du couloir, une petite porte menait au grenier par un escalier étroit et encombré. Un courant d'air glacé courait sous les combles.

Elle se dirigea vers la grande malle posée au milieu du grenier, sa malle, celle de tous ses rêves, de ses secrets, de ses trésors. De tout l'hiver, elle n'avait pu monter là. Trop froid, trop inquiétant, trop sale. Aujourd'hui, elle se risquait enfin à y venir seule, pour la première fois de sa vie.

Le couvercle grinça. Elle resta un moment à regarder les étoffes colorées, les tissus soigneusement pliés, à respirer l'odeur un peu fade et humide qui se dégageait du coffre. Elle déplia un long foulard rouge et or qu'elle enroula autour de son cou. Une paire de sandales de cuir, aux bouts pointus, dépassait sous une robe au tissu épais, brodé de perles multicolores. Elle les chaussa et fit trois pas entre les objets poussiéreux entreposés là. Elle commença à grelotter. Sans même prendre la peine de refermer le coffre, elle redescendit, toujours vêtue de son écharpe et chaussée de ses drôles de petits souliers pointus.

— Eh bé, petinote, te voilà belle, ce matin !

Emeline, assise devant la table, commençait à préparer un saumon apporté la veille par Célestin, un poisson qui ferait l'essentiel du repas de midi. Le fourneau commençait juste à répandre une chaleur douce dans la pièce. Emeline continuait, toujours souriante :

— Te voilà déguisée en belle princesse ! Tu as trouvé tout ça où ?

— Dans le grenier, tata.

— Tu es allée là-haut toute seule ?

La fillette fit oui de la tête. Emeline soupira.

— Tu sais que tu n'as pas bien le droit de faire ça ? Si ta mère le savait, elle se fâcherait !

— Pourquoi j'ai pas le droit ?

— Tu sais bien que tu ne dois pas monter toute seule au grenier.

Et, après un temps :

— Et puis, tu as fouillé dans la grande malle ?

L'enfant, silencieuse, regardait sa tante, ses mains rouges aux doigts épais, sa coiffure un peu de travers. Emeline demandait de nouveau :

— Tu as fouillé dans la malle ?

— Oui, tata !

La porte du potager s'ouvrit sur une Marie décoiffée, le bas de la jupe tout froissé, les mains pleines de terre.
— Les petits pois sont plantés ! J'ai aussi retourné le coin vers les poules, pour planter l'ail !
Elle posait ses sabots couverts de boue pour chausser une paire de souliers plus légers. Amandine redressa son écharpe multicolore en se hissant sur une chaise. On entendait, par moments, le bruit de la scie de Pierre. Marie se figea en apercevant l'accoutrement de sa fille.
— Tu es montée au grenier ?
— Oui.
Puis, toute fière, la gamine ajouta, le regard brillant :
— Et toute seule ! J'ai même pas eu peur !
Marie hésitait à se mettre en colère. Elle n'en avait pas envie. Elle finit par éclater de rire devant le regard candide de la petite.
— Mais tu sais bien qu'il ne faut pas y aller toute seule, là-haut ? Tata Emeline a bien dû te le dire, non ?
Elle vint se camper devant l'évier de pierre pour se débarbouiller à l'eau glacée. Tout en rinçant ses mains rouges de froid, elle fit, d'un ton sévère :
— Et puis, je t'ai déjà dit qu'il ne faut pas montrer tout ça. Tu entends ?
— Pourquoi tu veux pas ?
— Si Adélaïde savait ça, que tu vas toute seule fouiller dans la malle souvenir, elle ferait beau !
La fillette demanda de nouveau :
— Pourquoi il faut pas montrer ?
Marie se retourna, indécise. Emeline baissait les yeux sur son poisson, pour ne pas devoir répondre. La jeune femme hésita un instant, puis bredouilla, sans conviction :
— Parce que... parce que c'est à nous, tu comprends ? Si par cas ça venait à se savoir, les gens parleraient ! Alors...

Elle se baissa à la hauteur de sa fille et posa un baiser sur son front en murmurant :

— Tu es très jolie avec ce foulard, très jolie.

Puis, se relevant :

— On ira le reposer ensemble, tu veux bien ?

L'enfant regarda sa mère et hocha la tête. Dans la grande salle, on entendait Adélaïde qui posait quelques bûches au coin de la cheminée, avant de souffler sur le feu.

La grosse voiture noire ne brillait plus comme autrefois, quand monsieur Jean et Clanche venaient passer seulement quelques jours à l'auberge. A présent, elle restait garée un peu plus haut, sur un recoin du chemin de rive habituellement occupé par les merrains entassés. Le chantier se poursuivait au rythme des passages des camions de sable. On parlait d'ouvrir de nouvelles carrières de matériaux en aval des travaux.

La pendule sonna huit heures. Amandine se préparait à partir pour l'école, sa blouse bien boutonnée, deux petites nattes autour de son visage.

Marie finissait de fermer sa gabardine un peu trop grande pour elle. Elle leva les yeux vers l'horloge, regarda la porte menant à l'étage et fronça les sourcils. Un bruit dans l'escalier. Elle reconnut le pas du vieil homme. Son cœur sursauta. Elle posa ses lèvres sur le front de sa fille et la regarda s'éloigner sur le chemin de son pas sautillant.

Il vint se poster devant la porte, à côté d'elle. Marie le regarda. Il souriait. Elle se sentit rougir puis fit demi-tour et s'engouffra dans l'auberge.

— Vous voulez déjeuner ?

Sans même attendre sa réponse, elle demandait :

— Vous voudrez du café ?

On l'entendait farfouiller dans le grand vaisselier à la recherche d'un bol. Emeline mettait déjà une casserole d'eau à chauffer sur le fourneau. Monsieur Jean tirait une chaise à lui. Marie s'empressait en babillant :

— Et vous vous levez bien tard aujourd'hui ? Vous allez bien ? Vous voudrez du pain ? Vous avez vu comme l'air est doux ce matin ?

Il souriait, heureux de cette agitation, heureux de cette jeunesse qui vivait devant lui. Il passa la main dans ses cheveux mal peignés. Marie posait sur la table une tourte de pain et un peu de beurre dans son ravier plein d'eau. Il voulut parler, mais elle ne lui en laissa pas le temps :

— Et vous allez arriver en retard encore aujourd'hui ? Ça fera trois fois, cette semaine ! Ils disent rien, là-bas ?

Monsieur Jean se coupait avec gourmandise une tranche épaisse, le pain calé contre sa poitrine. Il parvint à demander :

— Vous n'auriez pas plutôt un peu de jambon, avec votre pain ?

Puis, après un instant :

— Vous me porterez un pichet de vin ?

— Avec le café ?

Il sembla hésiter. Puis :

— Non, pas de café, du vin, ça ira.

Elle le fixa, surprise, puis haussa les épaules, avant de rentrer dans la cuisine.

— Emeline, chuchota-t-elle, tu sais pas quoi ? Il veut pas de café !

— Il a pas faim ?

— Si. Figure-toi qu'il veut... du vin !

— A cette heure ?

Elle éclata de rire.

— Il change, que veux-tu !

Monsieur Jean s'était levé pour aller s'asseoir sur le petit banc, devant la porte de l'auberge. Un rayon de soleil lui caressait la peau. Il levait la tête, les yeux fermés, comme pour chercher la chaleur.

La jeune femme le regardait, attendrie, du pas de la porte. Elle aurait tant voulu aller s'asseoir à côté de lui, poser sa tête sur son épaule, sans rien dire, sans bouger, et rester là, elle aussi, à sentir la chaleur du soleil sur son visage. Il grogna, les yeux toujours fermés :

— Eh bien, pourquoi vous restez ainsi piquée, sans bouger ?

Elle avança d'un pas. Il tenait encore à la main son verre de vin. Il insista :

— Venez donc vous asseoir un instant, vous en mourez d'envie !

Elle se retourna furtivement. Emeline ne pouvait la voir. En revanche, Adélaïde ne tarderait pas à revenir de chez Léonce. Mais elle la verrait bien assez tôt. Elle fit deux pas maladroits et vint prendre place à côté de lui, assise sur le bout des fesses, le visage pourpre. Elle restait figée, sans oser le regarder. Il murmura, d'une voix un peu éraillée :

— Merci d'être venue vous asseoir à côté de moi. Si vous saviez comme j'en avais envie !

Elle resta un instant silencieuse puis fit, d'une voix blanche :

— C'est que je... ça n'est pas bien, je... si on nous voyait ?

Il éclata de rire.

— Eh bien, on dirait : « Il ne s'en fait pas, celui-là ! Marie, la femme de l'auberge ! Qu'est-ce que sa sœur en penserait ? »

On entendait, quelque part dans la colline, la hache d'un bûcheron qui cognait régulièrement. Une odeur de terre mouillée et d'herbe fraîche montait dans l'air. Le soleil commençait à éclairer maintenant toute la rive, laissant encore le village dans l'ombre. Il réchauffait la façade claire de l'auberge. Monsieur Jean reprenait, un sourire un peu moqueur sur le visage :

— Elle en penserait quoi, votre sœur ? Le savez-vous, au moins ?

Pour toute réponse, Marie murmura, dans un souffle :
— Je vous en prie, embrassez-moi.

Le vieil homme se pencha vers elle et, du bout des lèvres, posa un baiser sur sa joue.

Elle resta figée un instant, rouvrit les yeux, regarda fixement devant elle et, d'une détente, se leva pour se précipiter dans la maison. Il ne vit pas la larme de rage qui lui échappa. Il resta là encore un long moment immobile puis, avec lenteur, se dirigea vers la cuisine. Emeline le regarda entrer, le regard sévère. Assise au bout de la table, Marie se tenait la tête dans les mains. Elle avait pleuré. Il lui sourit, l'air contrit, et dit, comme pour se faire pardonner :

— Il ne faut pas m'en vouloir, Marie, il faut me pardonner, mais... Enfin, vous comprenez ?

Elle renifla et fit non de la tête.
— Je, enfin, les femmes...

Il vit son visage se décomposer, sa bouche s'abaisser tout doucement, le regard fixe. Elle parvint enfin à bredouiller :
— Vous... vous voulez dire que...

Il acquiesça, sans un mot, un sourire un peu triste sur les lèvres.

— Vous m'en voulez toujours ?
— Je... Enfin, non. Je suis désolée.

Elle se leva en s'appuyant des deux mains sur la table et replaça son chignon.

— Vous devez bien rire de moi, à présent ? demanda-t-elle.

Marie jeta un regard furtif à sa sœur. Emeline restait piquée devant son fourneau, à touiller avec une cuillère

de bois dans une casserole de cuivre. Une odeur sucrée s'élevait dans la pièce. Monsieur Jean lança, soudain sérieux :
— Au contraire, Marie, si vous saviez, au contraire !
Elle le fixa, soudain apaisée.
— Alors, vous ne me prenez pas pour une folle ?
— Non, rassurez-vous, pas du tout.
Puis, dans un éclat de rire :
— Il va être temps pour moi de descendre là-bas. Ils vont se demander ce que je deviens...
Marie fit, timidement :
— Je peux vous poser une question ?
— Je vous écoute ?
— Votre petit nom, c'est quoi ?
— Mon prénom ? Peu de gens le connaissent, vous savez. Vous saurez garder le secret ?
Emeline se tourna d'un bloc, sa cuillère à la main.
— Monsieur Jean, ici, les secrets, on sait les tenir, figurez-vous.
Il souriait.
— Alors, je vais vous le dire, mais ne vous moquez pas de moi. Mes parents m'ont appelé Evariste.
— Evariste ?
— Oui, Evariste. Alors, je préfère monsieur Jean, vous comprenez ?
Marie laissa tomber, pensive :
— Pourquoi ? Moi, j'aime bien Evariste, c'est joli. D'ailleurs, souviens-toi, Emeline...
Puis, réalisant soudain qu'elle s'apprêtait à en dire trop, elle laissa sa phrase en suspens, sans aller au bout de sa pensée. Monsieur Jean demanda :
— Souviens-toi de quoi, Marie ?
— De rien, fit Emeline sèchement en se tournant de nouveau vers ses casseroles sans laisser le temps à sa petite sœur d'en dire plus.

Marie, gênée, restait figée, sans savoir quelle attitude adopter. Monsieur Jean fixa la vallée par la fenêtre grande ouverte et murmura, comme pour lui-même :

— Parfois, je ne comprends pas tout, ici. C'est comme si vous ne vouliez pas tout dire.

Marie chaussait de nouveau ses sabots avant de filer vers le potager, une binette à la main. Il la suivit des yeux un instant, soupira profondément et partit se raser en montant l'escalier quatre à quatre.

Le bruit de l'explosion roula longtemps dans la vallée. Clanche, ses petites lunettes rondes sur le nez, regardait la poussière retomber lentement, découvrant la roche noire en partie éboulée le long de la rivière. Petit à petit, les ouvriers sortaient de leurs abris pour venir inspecter le trou dans la falaise. Un peu plus bas dans le village de planches, les femmes s'étaient figées. Il en allait ainsi à chaque fois.

Clanche se retourna vers monsieur Jean, qui restait immobile, les yeux perdus au loin, bien loin du chantier, en contrebas. Depuis quelques semaines, il le voyait changer. Il ne fumait plus ses fines cigarettes si parfumées, mais il tétait à présent, à longueur de journée, des mégots informes, à l'odeur âcre, qu'il roulait lui-même. La voiture noire, autrefois toujours brillante, disparaissait à présent sous une épaisse couche de poussière et de boue. Clanche observait tous ces changements sans appréhension. Il les constatait, voilà tout. Le travail restait la priorité de monsieur Jean, un travail dans lequel il se réfugiait corps et âme, jusqu'au moment où, épuisé, il repartait vers l'auberge des trois sœurs, négligeant la petite maison de pierre réservée à son intention, en bas du site du futur barrage. Il passait aussi de plus en plus de temps dans le village d'ouvriers, à se préoccuper de l'installation des baraquements, de la qualité du ravitaillement. Il parlait aussi d'ouvrir une école, pour le jour où les enfants du village seraient trop nombreux.

Clanche se tourna vers lui.

— Vous croyez que le conduit de dérivation sera suffisant pour évacuer toute l'eau ?

Le vieil homme haussa les épaules.

— Vous savez bien que oui.

Puis, dans un claquement de langue agacé :

— Vous vous faites un monde de tout, Clanche. Vous savez bien que nos études concordent avec toutes les autres. Je suis plus inquiet pour toutes ces familles qui rappliquent, sans le sou, sans même savoir si elles pourront trouver de l'ouvrage... Jusqu'ici, on a pu embaucher tout le monde. Mais demain.... ?

Il restait le regard au loin, une main dans la poche de sa veste. Clanche reprit :

— Demain ?

— Oui, demain. Est-ce qu'il faudra en renvoyer d'où ils viennent ?

Le jeune homme eut un moment d'hésitation avant de répondre :

— Après tout, ils viennent bien s'ils veulent, non ?

Le bruit d'un moteur montait du lit de la rivière. On commençait à évacuer les premiers éboulis.

— Ils viennent surtout parce qu'ils n'ont plus rien à manger, parce que la guerre a tué leurs pères ou leurs frères, qu'ils doivent nourrir seuls les veuves et les enfants. Vous savez, Clanche, vous avez échappé de peu à cette horreur, trop jeune ! Mais moi, j'ai vu tout ça. Moi aussi j'y ai cru, à la patrie, à tout ça... Aujourd'hui, je me dis que ce qui compte vraiment, c'est de donner tout ce qu'on peut pour que ça ne recommence plus... Jamais ! Alors, renvoyer de pauvres bougres qui cherchent juste à travailler et à manger, je ne m'en sens pas le cœur, vous comprenez ?

Le jeune homme fit oui de la tête, manifestement pas convaincu, puis laissa tomber, comme on énonce une évidence :

— N'empêche, s'il y a trop de bras, on fera quoi ?

Monsieur Jean sourit.

— On n'en est pas encore là, vous savez. A présent, filez les rejoindre, et assurez-vous que les perces pour la prochaine explosion ne prennent pas trop de temps.

— Bien, monsieur.

Clanche fila de son pas rapide et nerveux sur le petit chemin taillé à flanc de roche, jusqu'au site du chantier. Monsieur Jean le suivit du regard un instant, avant de rebrousser chemin, la main toujours dans la poche de sa veste, le visage tourné vers le ciel, à la recherche d'un oiseau tournoyant dans l'air sec et frais.

Adélaïde posa son tricot sur le comptoir. Il régnait dans la salle une ambiance douce. Les hommes, épuisés par leur journée de travail, parlaient bas, quand ils parlaient. Certains se contentaient de siroter leur verre, l'esprit ailleurs. D'autres jouaient, laissant parfois échapper une phrase plus haute que l'autre en abattant leurs cartes dans un éclat de voix joyeux.

Elle fixa un instant Célestin et Emile, au fond de la pièce. Depuis quelque temps, ils avaient découvert les dominos et, depuis, les parties s'enchaînaient, parfois enragées, sans que jamais plus de dix mots soient prononcés.

Marie, assise au coin du feu, lisait un livre à sa fille, collée à elle. L'enfant suivait, par-dessus le bras de sa mère, le texte et surtout les images à l'encre de Chine, des images qui lui faisaient parfois peur, des images qui l'entraînaient dans un monde si différent de sa petite auberge, au bord de l'eau.

Emeline dormait depuis longtemps.

Pierre, seul à sa table, observait d'un œil morne la partie de cartes de ses voisins. Il jetait de temps à autre un regard à Marie. Il aurait tant aimé pouvoir être de l'auberge, être l'homme de la maison, de cette maison toujours propre, toujours chaude, de cette maison pleine de femmes et de vie. Mais sa vie à lui, depuis la fin de la guerre, ressemblait à une lente descente aux enfers, peuplée de cauchemars et d'images de mort, d'images de terreur. Aujourd'hui, il crevait de solitude dans sa bicoque glacée et sale, entre la scierie et les sœurs qui faisaient mine de l'ignorer quand elles le croisaient. Et même ici, il se retrouvait seul. Les autres soldats de son âge qui n'étaient pas encore rentrés ne reviendraient plus. Quelques femmes y croyaient encore. Lui savait. Il savait la boue, la pluie et les bombes, et que l'enfer ne rendrait pas les corps, qu'il les garderait dans le mystère de leurs morts. Mais qui voulait bien l'écouter, lui, le petit menuisier, lui qui était revenu alors que tant d'autres n'avaient pu que laisser leurs noms sur des plaques de marbre ?

Il vida de nouveau son verre, se resservit. Adélaïde, qui ne le quittait pas des yeux, soupira, agacée.

— Pierre, tu vas encore me finir le pichet ?

— Laisse-moi, toi !

Il bougonnait, les yeux baissés.

— Tu me parles pas comme ça, tu le sais, Pierre. Autrement sinon, tu prends la porte !

Il tourna la tête et marmonna de nouveau :

— Je paye mon vin autant que les autres... Je dis bien ce que je veux !

Le meunier le regarda furtivement. Célestin posa un domino avec précaution, puis jeta un coup d'œil rapide à

Adélaïde avant de fixer son ami. Pierre dit encore quelques mots incompréhensibles avant de replonger dans ses pensées. Adélaïde se rassit sur sa chaise. Marie continuait de lire à voix basse. Monsieur Jean poussa la porte, regarda autour de lui et sourit à la jeune femme.

Pierre se leva en titubant, repoussa sa chaise et lança à la cantonade :

— Bon, ben moi, je reste pas. Je travaille tôt, demain.

Il frôla monsieur Jean en passant à côté de lui. Le vieil homme lui posa la main sur l'épaule.

Pierre, pour se donner une contenance, se dégagea d'un mouvement brusque et s'enfonça dans la nuit, la démarche hésitante, sous le regard pensif de monsieur Jean.

Quand Marie redescendit de sa chambre, après que sa fille se fut endormie, elle trouva la salle presque vide. Célestin et Emile, leur partie de dominos terminée, finissaient leur verre sans un mot, perdus dans leur monde. Monsieur Jean lisait un petit roman à couverture bleue, emprunté à Emeline. Il prenait plaisir à se laisser emporter dans ces pages un peu fleur bleue mais qui le détendaient tant. Assis sur le banc étroit du cantou, il disparaissait en partie derrière le rideau qui servait à le fermer les jours de grand froid.

Marie vint s'asseoir à côté de lui et se pencha sur son épaule pour tenter de partager sa lecture. Il tourna un peu le livre vers elle. La jeune femme se colla à son flanc et posa doucement sa tête sur son épaule en fermant les yeux. Il sourit et, sans quitter son livre des yeux, demanda :

— Vous avez passé une bonne journée ?

Elle émit un petit son de gorge pour toute réponse. Adélaïde lui jeta un regard noir, avant de se replonger dans son tricot. Elle n'en voyait pas le bout, de cette robe de laine. Mais voulait-elle d'ailleurs en voir le bout ? Monsieur Jean fit à voix basse, d'un ton amusé :

— Vous n'avez pas peur qu'on nous voie ?

— Non ! Les deux vieux, là, ils ne voient rien. Ma sœur, après tout, je fais bien ce que je veux !

Elle se sentait bien. Cet homme qui ne voulait pas d'elle la rassurait. Elle ne se l'expliquait pas, n'en avait pas honte ! Bien au contraire, elle avait envie d'être bien avec lui, qu'importe la manière. Elle reprenait :

— Au chantier, comment ça se passe ?

Le feu lui chauffait les jambes. Il les replia sous le banc.

— Les travaux vont pouvoir commencer dans les temps. Les gars travaillent vite ! Je suis plus soucieux pour les femmes qui vivent en bas. On va vers l'été. Mais leurs quatre bouts de planches, cet hiver, elles vont devoir y vivre toute la journée. S'il fait froid, ça ne sera pas facile pour elles.

Marie murmura :

— Ça n'est facile pour personne...

Elle se blottit encore plus contre lui, heureuse.

Il dut la réveiller, un peu plus tard, pour monter se coucher. Adélaïde somnolait derrière son bar. Marie se déplia lentement, rassembla les cendres et se redressa, les mains dans le dos.

— Je monte.

— C'est ça, monte, fit sa sœur aînée, le regard sévère.

La jeune femme mit un long moment à trouver le sommeil, cherchant encore, contre sa peau, la chaleur de monsieur Jean, qu'elle n'osait toujours pas appeler Evariste.

Monsieur Adrien prit place derrière son bureau, sur la petite estrade. Marie, debout devant lui, le regardait, les mains croisées sur son tablier, comme une élève qui attend son tour. Elle ne pouvait s'empêcher de jeter de brefs coups d'œil par la fenêtre inondée de soleil.

— Tu sais, Marie, pourquoi tu es là ?

Elle fit signe que non. Il reprenait :

— Tu es là parce que je me suis fait taper sur les doigts... Et pas qu'un peu !

— Taper sur les doigts ?

L'instituteur sourit, l'air attristé.

— Oui, et par l'inspecteur lui-même. Il ne comprend pas pourquoi je tolère que ta fille manque tous les ans l'école pendant un mois d'hiver.

Elle se tortilla sur place, mal à l'aise. Un long silence s'ensuivit, que monsieur Adrien se garda bien de rompre. Marie avait pris l'air buté d'une enfant boudeuse. C'est monsieur Adrien qui finalement parla le premier :

— Et je lui dis quoi, alors, à mon inspecteur ?

Elle se contenta de hausser les épaules. Monsieur Adrien frappa son bureau avec sa règle en bois, se leva et, les mains derrière le dos, fit le tour de la classe en grondant.

— Vraiment, je ne te comprends pas ! J'en ai plus qu'assez de ces histoires ! Après tout, on n'a pas idée de filer comme ça, sans même prévenir, ni jamais vouloir dire quelque chose... ! C'est insensé, tout ça !

Puis, tourné vers la jeune femme :

— Mais bon sang de bon sang, ne reste donc pas plantée là, sans rien dire... !

Pour se donner une contenance, il revint prendre place derrière sa table de maître d'école. Marie le regardait sans ciller, toujours muette.

— Je finirai par croire qu'il y a là-dedans quelque chose de pas catholique !

La jeune femme sourit et ouvrit enfin la bouche :

— Il n'y a rien de terrible... Rassurez-vous. Mais vous ne pourriez pas comprendre, alors...

— Alors ?

— Alors, rien.

Monsieur Adrien sentit le sang monter à ses joues. Il tenta de contenir une colère sourde. La règle en bois cassa net entre ses mains. Marie pouffa. Il la fixa, furieux, jeta les deux morceaux de bois au loin, et fit, d'une voix blanche :

— Merci, ça ira. Mais je dois te le dire, je serai obligé d'en parler à mes supérieurs, de ton attitude. J'en ai assez de ton silence ! Il faudra bien que l'on sache enfin, un jour !

Marie désignait la porte.

— Je peux m'en aller ?

— Oui, oui, file... file, maintenant !

Amandine jouait sous le petit préau, en attendant sa mère. Elle lui prit la main et demanda, de sa petite voix aiguë :

— Pourquoi il a crié, monsieur Adrien ?

— Il est en colère parce que tu n'as pas été à l'école, cet hiver.

La fillette fit deux pas en sautillant, la main toujours dans celle de sa mère.

— Moi je préfère pas y aller l'hiver, à l'école. Je préfère rester avec toi.

Marie passa la main dans les cheveux de l'enfant. Les cloches du couvent sonnèrent midi. Elle pressa le pas.

Quand elle poussa la porte de la cuisine, une odeur de soupe et de champignon flottait dans l'air. Elle se sentait bien. Pourquoi, après tout, devrait-elle tout dire, raconter ce qu'elle ne voulait pas raconter, avouer ce qu'elle ne voulait pas avouer ?

Emeline se tourna vers elle.

— Alors ?

— Alors, encore un qui voudrait bien savoir...

Adélaïde entrait à son tour dans la pièce.

— Tu veux parler de l'instituteur ?

Une friture finissait de cuire sur le fourneau, qu'une tablée d'hommes attendait dans la grande salle, en vidant une bouteille.

— Oui, il est comme les autres. Il ne supporte pas de ne pas savoir.

Amandine prenait place devant son couvert. Marie la servit, l'esprit ailleurs. Elle reprit :

— Et après tout ?

— Après tout, quoi ? fit Adélaïde.

— Après tout, pourquoi tu ne veux pas qu'on en parle ?

Emeline se tourna vers sa petite sœur, la cuillère à la main. Elle regardait tour à tour Marie et Adélaïde, curieuse de savoir comment leur aînée allait réagir. Elle ne fut pas déçue !

— Mais enfin, on en a déjà parlé ! On ne va pas y revenir sans cesse, non ? Qu'est-ce qu'ils pourraient bien y comprendre, tous ces bonshommes ? Pour eux, on est juste bonnes à faire à manger et à leur tenir chaud au lit ! Alors, on va pas perdre du temps avec ça. Déjà qu'on leur sert la soupe toute l'année ! Ils peuvent bien nous oublier un mois l'an, non ?

Et dans un grand geste du buste qui fit de nouveau tomber son chignon sur le côté, elle ressortit de la cuisine, en oubliant d'emporter la friture encore grésillante.

Emeline fit, d'une voix dont le calme tranchait avec la scène précédente :

— A propos, il faudra penser à un nouveau cochon. L'autre, on l'a tué avant l'hiver. Si on veut pouvoir en faire autant cette année, il faudra pas trop tarder à aller en chercher un nouveau...

Le camion stoppa devant l'auberge. Marie se hissa à bord en prenant garde de ne pas salir sa robe avec le marchepied. Amandine, la main dans celle Emeline, la regardait partir, les yeux pleins de larmes. Marie lui fit un petit signe en se penchant un peu. Les parfums du printemps recommençaient à flotter dans l'air tiède. Cette année, on attendait encore la crue. Les neiges du Sancy ne se décidaient pas à fondre. De toute façon, cette fois, aucun bateau ne naviguerait.

Emeline se pencha sur l'enfant, en grondant gentiment :

— Tu es bien bécasse, petite. Pourquoi donc pleures-tu ? Tu sais bien qu'elle va rentrer ?

Mais rien n'y faisait et la fillette ne pouvait retenir ses larmes. Emeline reprenait :

— Elle va juste à Mauriac, au marché !

Adélaïde se précipita à la portière côté passager et, le chignon de travers, le souffle court, tendit une bourse à sa sœur.

— Tiens, des fois que tu n'aurais pas assez.

Puis, au chauffeur :

— Tu peux y aller, Armand, et n'oublie pas de nous la redescendre ce soir !

Marie se tenait droite, la jupe bien tirée, calée sur le siège inconfortable, le visage détendu. Elle aimait ces journées d'escapade hors de la vallée, ces instants de liberté, ces moments où elle pouvait vivre sa journée à son rythme, sans se préoccuper du temps qui passe ni des clients à servir. En revanche, elle savait qu'à l'aller comme au retour elle finirait par sentir son cœur se retourner. Les secousses du chemin et l'odeur d'essence lui donnaient toujours la nausée.

La lumière changeait, à mesure que la route s'élevait. C'est seulement arrivée sur le plateau que Marie se sentit enfin libre. Plus de collines, plus de lacets, plus de chemins défoncés, mais une route presque droite, un ciel à perte de vue et la sensation de respirer enfin de l'air frais.

Armand se tourna vers elle et cria, par-dessus le bruit du camion :

— Tu auras fini tôt ?

Elle se cramponnait à la portière pour ne pas glisser de son siège. Il continuait :

— Tu me diras à quelle heure tu veux retourner ?

Elle fit un signe de la tête, incapable de parler. Il éclata de rire.

— On est bientôt arrivés...

Le petit camion s'arrêta dans un grincement de freins, le moteur pétaradant. Marie descendit en prenant garde de ne pas salir sa jupe soigneusement repassée pour l'occasion. Elle leva les yeux vers la vieille basilique de pierre noire. Elle ne pouvait s'empêcher d'éprouver une forme de vertige chaque fois qu'elle levait la tête vers ses deux tours trapues. La petite rue, devant le grand porche et la place carrée, et l'arrière du bâtiment disparaissaient sous les étals des marchands. Il faisait ici plus frais que dans la vallée. Un vent glacé soufflait, portant encore en lui un peu du froid des neiges des monts du Cantal.

Elle serra son châle sur ses épaules puis, son grand panier au bras, elle fila vers la mairie, un grand bâtiment à la façade rectiligne et austère qui semblait veiller sur les marchands groupés à ses pieds. Elle savait qu'elle trouverait là-bas le bouquiniste qui se réfugiait toujours sous ses arcades. Elle ne passait jamais une journée sur le marché sans commencer par aller le voir et se perdre, de longs moments, dans la contemplation des livres, parfois tout râpés, mais qui la faisaient tant rêver. Le vieil homme chenu, aux épaules recouvertes d'un plaid sans couleurs, la regardait approcher. Il savait qu'elle viendrait.

Il la gratifia d'un sourire édenté. Sa barbe taillée en pointe s'agitait de façon un peu ridicule quand il parlait, en chuintant. Elle le salua de la tête, le regard déjà planté sur les pauvres ouvrages étalés là.

— Te voilà, jolie madame. Tu es fidèle au rendez-vous ?

Marie voulut répondre, ne trouva pas les mots. Elle redoutait qu'on ne la voie tourner les pages de ces bouquins. Une grosse couverture en tissu rouge attira son attention. *Le Tour du monde en quatre-vingts jours...*

Elle leva les yeux vers le bouquiniste assis sur son tabouret. Il tendit la main vers elle comme pour l'encourager à feuilleter l'ouvrage.

Combien de temps resta-t-elle ainsi, debout dans le courant d'air qui passait sous le bâtiment ? Chaque illustration à l'encre noire la faisait rêver un peu plus. Elle découvrait des paysages extravagants, des forêts plus impénétrables qu'un taillis de ronces corréziennes, des mers infinies, des montagnes si hautes qu'elles semblaient couper le ciel en deux. Le vieux interrompit sa rêverie :

— Tu veux le livre ?

Elle fit signe de la tête pour dire non. Il continuait :

— Tu aimerais connaître tout ça ?

Marie planta son regard dans le sien et sourit doucement. Elle murmura :

— C'est beau, le monde.

Il soupira :

— Le monde, madame, je ne le connais que par les livres, tu sais. Mais Dieu que j'ai pu le parcourir ! Dans tous les sens, de Gibraltar à Valparaiso, en passant par Madrid, Copenhague, et même Berlin et Shanghai.

Son regard semblait se perdre dans des souvenirs de vieux loup de mer, lui qui n'avait sans doute jamais quitté son Auvergne natale.

— Tu connaîtras peut-être tout ça, un jour, qui sait ? Tu épouseras peut-être un beau commandant de cargo...
Elle pouffa.
— Ici, à Mauriac ?
Elle saisit un petit roman mal coupé, à la couverture bleue, comme ceux qu'aimait tant Emeline.
— Combien ?
— Dix sous.
Elle posa la monnaie dans la main crasseuse du vieux. Il sourit de nouveau, de son sourire sans dents.

Marie tourna les talons, heureuse. Adélaïde crierait sans doute encore en lui reprochant de dépenser l'argent à tort et à travers, mais elle s'en moquait. A présent elle pouvait faire le tour des marchands pour rapporter ce que la terre de la vallée ne pouvait leur donner. Du sucre pour l'auberge, du café, du chocolat. Elle redescendrait également sans doute un peu de charcuterie et de fromage. Il lui faudrait aussi trouver du tissu, du beau, et, avec un peu de chance, des rubans de toutes les couleurs.

Son regard s'arrêta sur des hommes attablés à une terrasse inondée de lumière. Elle aurait bien voulu, elle aussi, pouvoir s'attarder ainsi au soleil. Mais elle ne pouvait pas même s'en approcher sans risquer de se faire siffler.

Elle se figea soudain. Elle venait de reconnaître, dans la foule, la haute silhouette et la crinière argentée de monsieur Jean. Elle sourit. Il n'était pas sur le chantier ! Lui aussi prenait le temps de se promener là, entre les étals odorants, dans ce parfum de fraîcheur, dans ces instants uniques où, perdu dans la foule, on devient anonyme, on peut rêver, sans crainte du regard des autres. Elle aurait aimé pouvoir aller le retrouver, lui prendre le bras, flâner à son rythme. Mais elle n'osa même pas laisser son regard posé sur lui, de peur qu'on ne la remarque. Elle se sentit soudain gauche. Elle prit alors bien garde de ne pas se trouver devant lui. Comment se retrouva-t-il devant elle ? Elle sentit son cœur s'emballer. Il lui semblait que tout le marché la regardait. Elle aurait voulu être ailleurs, loin, loin de tous ces regards. Lui la fixait, visiblement amusé de son trouble. Elle mit un certain temps à reprendre ses esprits.

— Je vous ai fait peur ?
— Je... Non, c'est-à-dire... Je ne m'attendais pas à vous voir ici ! Vous n'êtes pas sur le chantier ?

Il souriait toujours.

— Aujourd'hui, j'ai eu envie de quitter les masses et la dynamite, la rivière et les gaillards qui travaillent au fond, pour venir traîner ici. Votre sœur en parle si souvent !

— Ma sœur ?
— Oui, Emeline !

Marie pâlit. Emeline et lui, ils se parlaient donc ? Elle en ressentit immédiatement une morsure violente au creux du ventre.

— Vous parlez avec ma sœur ? Mais... Je ne vous ai jamais...

Il éclata de rire.

— Ne soyez pas jalouse, je vous en prie ! J'aime bien, parfois, aller traîner à la cuisine quand elle fait chauffer son fourneau. Mais je m'arrange pour ne faire ça que quand elle est seule, pour ne pas la gêner. Vous comprenez ?

Marie tapa du pied, dans un geste de rage. Elle pinça les lèvres, le regard embué. Elle fit mine de partir en sens inverse. Il posa la main sur son épaule et la retint en lançant :

— Attendez, ne partez pas comme ça !
— Lâchez-moi !

— Dieu que vous êtes susceptible ! Attendez au moins que je vous donne ce que j'ai trouvé pour vous...
— Pour moi ?
— Oui, pour vous. Tenez.
Il lui tendait le gros livre à couverture de tissu rouge qu'elle feuilletait un peu plus tôt. Elle le regarda, éberluée, la bouche ouverte. Elle sentit sa respiration s'accélérer.
— Comment... vous savez ? Vous m'avez vue ?
Il continuait de la regarder, sans répondre, le visage empreint d'une grande douceur. Il finit par murmurer :
— Vous aimez les terres lointaines ? Le soleil du désert ? Les neiges éternelles de la cordillère des Andes ?
Elle se troubla un peu plus.
— Je... Enfin, oui, c'est-à-dire... J'aimerais bien, oui, connaître tout ça, un jour. Mais vous savez bien que pour nous, c'est impossible.
— Pour vous ?
— Mes sœurs et moi, oui. Qu'est-ce qu'on dirait, si on faisait une chose pareille ?
— Et pourquoi pas ?
Il tendait toujours le gros livre rouge. Elle se troubla de nouveau.
— C'est que... Si je reviens à l'auberge avec le livre, qu'est-ce que mes sœurs vont dire ?
— Elles ne diront rien parce que je leur dirai que ce livre, c'est moi qui vous l'ai donné.
Elle finit par le saisir, du bout des doigts.
— Vous me suiviez, tout à l'heure ?
— Non, c'est le vieux marchand qui m'a dit que vous l'aviez feuilleté. Alors, j'ai eu envie de vous l'offrir.
Puis, changeant brusquement de conversation :
— Vous rentrez comment, à Saint-Projet ?
— Je dois retrouver Armand, de Nauzenac, pour qu'il me redescende avec mes courses.

— Et on le trouve où, ce gaillard ?

Elle jeta un regard circulaire et rapide, comme pour se convaincre que personne ne les regardait parler ensemble.

— Je... Pourquoi vous demandez ça ?

— Parce que, ma chère, je vous invite à déjeuner, voulez-vous ? Pour une fois, c'est moi qui choisis le menu.

Elle rougit, le souffle coupé.

— Je ne peux pas, réussit-elle à dire, vous le savez bien. Qu'est-ce qu'on dirait ?

Il fit mine de s'emporter, comme on le ferait pour se moquer de soi :

— Enfin, depuis tout à l'heure vous passez votre temps à me dire : « Qu'est-ce qu'on dirait, qu'est-ce qu'on dirait ? » Mais, ma chère Marie, je vous dirais, moi, que je m'en moque bien ! Et maintenant, s'il vous plaît, donnez-moi votre bras et menez-moi voir cet Armand, là. C'est moi qui vous redescendrai, avec ma voiture.

Elle se sentait tétanisée et folle de bonheur à la fois. Il lui donnait le bras. Il voulait l'inviter à déjeuner, la redescendre avec sa voiture ! Jamais aucun homme n'avait eu de telles prévenances pour elle. Et pourtant, il avait été assez clair. Elle se surprenait à reprendre espoir. Et si, après tout, tout redevenait possible ? Elle murmura, intimidée :

— Je veux bien vous suivre, mais nous irons déjeuner ailleurs qu'ici, sur la place, vous voulez bien ?

— C'est entendu, chère amie. Et maintenant, menez-moi une bonne fois pour toutes à ce monsieur Armand et à son camion.

La nuit commençait à tomber quand la grosse voiture noire s'arrêta devant l'auberge. Marie en descendit, le rouge aux joues, avec le sentiment que sa tête n'en finirait jamais de tourner. Les courses du marché s'empilaient à l'arrière, dans un grand désordre. Adélaïde se précipita sur le pas de la porte avec son regard des mauvais jours. Monsieur Jean vint au-devant d'elle, une cigarette mal fagotée entre le pouce et l'index. Il planta son regard dans celui de l'aubergiste. Marie restait un peu en retrait, sans oser faire le tour de la voiture. Il s'approcha de la grosse femme et lança :

— Ne la grondez pas, s'il vous plaît, elle n'a pas pu dire non ! C'est moi qui ai tenu à faire la route avec elle. Je sais bien qu'il est tard, mais nous avions tant à nous dire !

Adélaïde, sans même prendre la peine de répondre, jeta à sa sœur :

— Et ta petite, tu crois qu'elle a pas besoin de toi, au lieu de traîner des heures comme ça ?

Marie leva les yeux vers les fenêtres des chambres. Adélaïde laissa tomber :

— Ta petite, elle est à la cuisine. Elle finit ses devoirs. Et toi, toi tu fais la belle !

Marie se sentait soudain redevenir la petite aubergiste du fond de la vallée, celle dont le destin reste de servir et de se taire. Elle venait de vivre une journée où, enfin, quelqu'un l'avait considérée comme une vraie dame. En deux phrases, elle venait de reprendre sa place, celle qu'elle n'aurait jamais dû quitter.

Monsieur Jean intervint, en pointant le doigt sur la poitrine d'Adélaïde :

— Allez, madame, cessez donc de la houspiller. Et pour la petite, elle a bien deux tantes adorables, non, et fort capables de s'occuper d'elle ?

L'aubergiste, à court d'arguments, se contenta de lever les yeux au ciel en sifflant :

— Eh ! Vous, vous !!! Mais vous ne pouvez donc pas la laisser un peu en paix, cette petite ?

Puis elle tourna les talons, en continuant de parler toute seule :

— Ah ! Si je n'étais pas là pour faire tourner cette maison ? Mais, mon Dieu, mais qui le ferait, qui le ferait ?

Monsieur Jean se tourna vers la jeune femme en retenant un rire. Marie pouffa nerveusement, la main sur la bouche. Il se penchait déjà dans l'auto pour la vider de ses fromages, saucissons et autres tissus multicolores, ainsi que du gros livre à couverture rouge.

Quand il eut tout posé à la cuisine, sous le regard d'Emeline et celui, amusé, d'Amandine, il revint dans la grande salle, le livre à la main.

Célestin et le meunier commençaient une partie de dominos qui les emmènerait encore loin dans la soirée, sans doute. Il posa l'ouvrage sur la table et fit signe à la fillette de venir prendre place à côté de lui. Marie vint se poster derrière sa fille. Monsieur Jean se pencha vers Amandine en murmurant :

— Veux-tu que je te raconte l'histoire du tour du monde en quatre-vingts jours ?

Elle acquiesça de la tête en murmurant un oui tout timide.

— Alors voilà...

Et d'une voix douce et souriante, il commença à dérouler le fil des premières lignes, en tournant les grandes pages une à une, dévoilant, derrière un papier calque à motifs, un dessin à l'encre qui parut merveilleux à la fillette. Il le découvrit et demanda :

— Sais-tu qui a fait ce dessin ?

— C'est toi ?

Il éclata de rire et se tourna vers Marie.

— Et vous ?

— Ma foi, non. Mais c'est tellement beau !

— Eh bien, je vais vous le dire, moi, c'est Gustave Doré.

Amandine se laissa emporter par l'image, par l'attitude des personnages, par le nom de ce monsieur Doré, doré comme de l'or. Et puis, il y avait aussi l'odeur du livre, une odeur de papier un peu humide, d'encre et de colle. Elle n'osait pas le toucher. Elle ne souvenait pas de quelque chose d'aussi beau.

Derrière son comptoir, Adélaïde ne perdait rien, le visage fermé, peut-être un peu jalouse, peut-être un peu déçue aussi de ne pas partager ce moment de complicité autour de monsieur Jean.

Quand, enfin, il eut terminé de lire le premier chapitre sous l'œil amusé du vieux pêcheur, il referma doucement le roman.

— Veux-tu que nous reprenions demain ? demanda-t-il à la fillette.

Elle regarda sa mère, comme pour quémander son autorisation.

— Il est temps d'aller se coucher, fit Marie. Monsieur Jean te lira la suite une autre fois, tu veux bien ?

Et elle fila vers l'escalier, la main de l'enfant dans la sienne.

Quand elle redescendit, le vieil homme somnolait dans la cheminée, sur son petit banc, et Adélaïde, assise devant le livre, le feuilletait, une paire de minuscules lorgnons sur le nez. Célestin la fixait, un sourire au coin des lèvres.

11

Amandine avait pris l'habitude, le soir, de venir s'asseoir sur le petit banc de bois, devant l'auberge, à côté de monsieur Jean. Le printemps réchauffait la vallée et elle aimait, son travail d'école terminé, venir le retrouver quand il fumait, le regard perdu, les jambes croisées, avec, soigneusement plié près de lui, le journal auquel, depuis quelques semaines, il était abonné.

Il la regardait s'installer en souriant. Elle restait silencieuse, simplement heureuse de cette présence rassurante. Il ne manquait jamais, après un instant, de se tourner vers elle pour demander : « Tu as bien travaillé ? » Et elle, de sa petite voix flûtée, répondait invariablement : « J'ai bien travaillé, monsieur Evariste. »

Puis elle détaillait sa journée, avec un soin jaloux, n'omettant rien, revivant chaque moment, perdue dans son monde, un monde auquel seul monsieur Jean prenait le temps de s'intéresser. Autrefois, il passait son temps à courir la vallée ou à travailler sur le futur chantier. Aujourd'hui, elle savait qu'à son retour de l'école elle le trouverait là, assis dans le dernier rayon de soleil de la journée, à le regarder disparaître dans la cime des arbres. Elle faisait désormais ses devoirs dans la grande salle, sur la table près de l'horloge. Elle ne voulait plus se contenter d'un coin dans la cuisine, entre les légumes et la vaisselle.

Il venait parfois la rejoindre et se penchait sur son travail, parlant avec elle à voix basse, sous le regard méfiant d'Adélaïde. Amandine se sentait enfin l'objet d'un regard, d'une attention. Elle qui attendait toujours son papa, elle trouvait enfin de la part d'un adulte un peu d'attention, un peu d'écoute. Le soir, il venait se blottir au coin de la cheminée et, avant qu'elle ne monte se coucher, il lui lisait parfois un bout du gros livre rouge en commentant, avec elle, les images, ces images qui la faisaient tant rêver.

Marie découvrait avec cette présence, par cet homme qui ne ressemblait plus au monsieur Jean du début, une certaine forme de quiétude. Emeline, toujours derrière son fourneau, prenait plaisir à lui mijoter chaque soir un petit plat rien que pour lui. Et lui, le meneur d'hommes, lui qui savait se faire respecter d'un regard, craindre d'une parole, lui qui pouvait se montrer si froid, était alors comme un gros matou que l'on cajole et qui se laisse faire en ronronnant.

Seule Adélaïde semblait rester insensible au charme de la situation et regardait monsieur Jean de la même façon qu'au début. De son côté, il payait toujours rubis sur l'ongle sa note, chaque semaine.

Un soir, pourtant, il avait surpris les éclats de voix de Marie et de sa sœur aînée dans la cuisine. Adélaïde demandait, d'un ton ferme :

« Et tu comptes le laisser s'installer ici pour toujours ? »

La jeune femme plaidait sa cause, d'une voix plus douce :

« Et en quoi ça te gêne, il paye sa pension, non ? Qu'est-ce que ça peut te faire qu'il se sente bien avec nous, et qu'il s'occupe un peu de la petite ? Après tout, elle l'aime bien, je crois.

— N'empêche, il partira plus, si ça continue...

— Et alors, ça t'ennuie ? »

La suite, monsieur Jean ne l'avait pas entendue. Adélaïde demandait à voix basse :

« Et pour l'an prochain, tu comptes faire comment ? »

Marie avait haussé les épaules. Puis, ouvrant la porte sur le potager :

« L'an prochain, il trouvera une autre auberge, voilà tout.

— Une autre auberge, tu rêves, ma fille ? Et tu lui diras quoi ? »

Marie, gênée, s'en était sortie par une pirouette :

« Moi, rien du tout. Toi, tu lui diras. Tu sauras bien trouver quelque chose ? »

La dernière phrase, en revanche, monsieur Jean l'avait parfaitement entendue :

« Moi, je ne cours pas les hommes, moi, ma fille ! Alors débrouille-toi, tu entends, mais il faudra bien que ça cesse, tout ça ! »

Ce soir-là, monsieur Jean mit plus de temps que les autres jours à trouver le sommeil. Il aurait tant aimé partager avec les trois femmes ce secret qu'elles mettaient un tel soin à protéger. Car, il le savait à présent, elles se surveillaient les unes les autres pour ne pas trahir quelque chose qui lui échappait, à lui comme aux autres. Etait-ce inconsciemment pour cela qu'il s'incrustait dans cette auberge, qu'il se sentait si bien ici ? A cause de cette atmosphère étrange, à cause de cette fêlure qu'il ressentait dans une vie trop bien réglée, trop calme ? Il se gardait bien, en revanche, de tenter de faire parler l'enfant. Amandine ne semblait pas non plus avoir envie d'évoquer avec lui ces quelques semaines par an pendant lesquelles elle disparaissait, elle aussi, avec sa mère et ses tantes. Une fois, une seule, un soir, alors que monsieur Jean tournait avec elle les pages du gros livre, elle s'était exclamée devant une des gravures :

« On dirait des chameaux, comme dans le désert... »

Comment, du fond de sa vallée, pouvait-elle connaître une telle chose ? Il se souvenait d'avoir regardé la fillette un instant, surpris, avant de reprendre sa lecture.

Il apprenait aussi à connaître un peu mieux chacun des habitués de la petite auberge. Pendant des mois, il ne vit dans Célestin qu'un « vieux du coin », jusqu'au jour où, bien calé dans la cheminée, il prit le temps de l'observer longuement. C'est sans doute de ce jour-là que l'envie d'apprendre à pêcher à l'épervier lui était venue. Depuis, il guettait une occasion de le rejoindre sur le bord de l'eau. Dans le même temps, il savait, lui, le côté inéluctable de ce qui se passait quelques kilomètres plus bas. Tout ce monde qu'il apprenait à découvrir, à aimer, tout ce monde qui commençait à le fasciner, cet univers-là vivait ses dernières années. Il disparaîtrait bientôt, englouti définitivement. Et lui se sentait bien dans ce coin de vallée du bout du monde, protégé de tout, caché de tout, entre ces trois femmes et ce couvent, entre les deux berges de la Dordogne, le nez au vent du pont. Le chantier, il s'y rendait, bien entendu, chaque jour, mais il laissait maintenant Clanche prendre en main la plupart des choses. Il se contentait de s'assurer que tout se passait pour le mieux et que le travail ne prenait pas de retard. Etrange sentiment que celui de devoir casser, le jour, ce que l'on adore le soir. Des deux « monsieur Jean », il ne savait plus lequel il préférait, celui de la grosse voiture noire et des petites cigarettes parfumées, ou celui du banc de bois, le soir, au soleil couchant sur les collines. Pour l'heure, il se rêvait pêcheur, avec une vieille veste sans boutons, pour ne pas les accrocher aux mailles du filet, le plomb entre les dents, prêt à lancer.

Un peu de brume montait de la rivière et des ruisseaux sur la colline, comme des panaches de fumée légère. Léonce décrocha les volets de l'épicerie avant de les ranger un à un derrière la vitrine. Une odeur d'eau et de terre mouillée montait de la rivière. Elle referma la porte doucement. La clochette tinta. Elle jeta un coup d'œil à la scierie, un peu plus bas, sur le chemin. Elle soupira puis se tourna vers la cuisine, au fond de la pièce. Pierre finissait de trancher un bout de pain, assis devant la grande table recouverte d'une toile cirée aux motifs clairs. Léonce le regarda un moment en silence. Il mangeait de bon appétit. Malgré l'heure matinale, il remplissait déjà pour la deuxième fois son verre de vin. Elle soupira :

— Vraiment, c'est stupide ce que nous faisons là !

Il se tourna vers elle, un large sourire sur le visage.

— Et pourquoi stupide ?

— Tu imagines ce que les gens diraient, s'ils savaient ? Toi si jeune et moi, à mon âge ?

Il haussa les épaules.

— Les gens ? Et d'abord c'est qui, les gens ?

Léonce parut désemparée par la question. Elle resta un instant silencieuse. Puis :

— Les gens, je veux dire, les bonnes sœurs, par exemple, ou encore le meunier... Ou les autres.

Pierre mangeait de bon appétit. Léonce le fixa avec, dans le regard, une pointe de fierté mêlée d'appréhension. Qui savait ? Qui pouvait savoir ? Comment pourraient-ils savoir, les autres ? Elle se sentait bien. Elle pouvait encore plaire, elle l'épouse effacée, elle la veuve solitaire, elle pouvait encore coucher un homme dans son lit et le regarder dévorer au matin, dans un rayon de soleil printanier. Elle l'observait, repensant à ces quelques jours qui venaient de s'écouler, à ce soir où, trop saoul pour rentrer seul chez lui, il avait dormi dans la ruelle, à deux pas de sa scie. Elle se souvenait du visage effrayé de la religieuse, avec son panier et sa liste de courses.

« Madame Léonce. Il est mort, on dirait !
— Qui ça, mort ?
— Bé ! Le menuisier ! Il est par terre, devant chez lui ! »

Elle se souvenait comment elle l'avait aidé à se relever, seule. Comment elle l'avait installé dans sa cuisine, à la chaleur du fourneau, comment elle lui avait donné à boire, comment elle lui avait nettoyé le visage avec un linge humide, comment elle en avait pris soin, comme d'un enfant. Elle se souvenait aussi comment il avait pleuré dans ses bras, usé de trop de souffrances, de trop d'indifférence, de trop d'humiliations, de trop de solitude. Depuis, ils passaient leurs soirées ensemble. Elle le nourrissait, elle le regardait vivre, elle le voyait redevenir chaque jour un peu plus un homme, un homme qui laissait pour un temps ses blessures de côté, pour vivre et retrouver le goût de vivre. Qui le premier prit la main de l'autre ? Elle se souvenait encore de son regard, un regard plein d'enfance, bien loin du Pierre fanfaron et hâbleur ! Ce Pierre-là, ce Pierre qu'elle ne connaissait pas, qu'elle ne soupçonnait pas, elle avait appris à le découvrir, jusqu'à ce soir où elle ne le mit pas dehors. Ils venaient de vivre leur deuxième nuit. Elle se sentait un peu sale et dans le même temps si heureuse !

La religieuse ne tarderait pas à arriver. Elle jetait de rapides regards furtifs vers la boutique, mal à l'aise.

— Pierrot, il te faudrait bien partir, maintenant, qu'autrement sinon, les gens te verront ici !

Il releva le visage, avala sa bouchée, reboucha la bouteille de vin du plat de la main et fit claquer son couteau, avant de le ranger dans la poche de sa veste.

— Je te laisse, alors.

Il se levait sans hâte.
— Je passe par-derrière.
Il souriait, la main sur la poignée de bois. Elle posa la sienne sur son bras.
— Tu manges ici, à midi ?
Il fit mine de réfléchir, avant de laisser tomber à la façon du Pierrot fanfaron :
— Est-ce que je t'en sais ? Peut-être à l'auberge. Je te dirai bien quelque chose.
Elle se rembrunit, sans doute déçue sans vraiment oser se l'avouer. S'en rendit-il seulement compte ? Il claqua la porte, l'esprit déjà ailleurs. La petite clochette de la boutique tinta. Elle lissa sa jupe trop grande pour elle et se précipita au-devant de la religieuse qui posait déjà son panier sur le comptoir de bois.

— Et moi, je vous dis qu'elles s'en vont pas comme ça, pour rien !
La vieille religieuse, campée devant la porte du couvent, tentait de convaincre un Célestin qui semblait s'en moquer un peu. Il venait de vendre quelques poissons aux bonnes sœurs et leurs cancans ne l'intéressaient pas. On devinait, derrière la femme, le jardin si bien entretenu qui séparait le mur d'enceinte du grand bâtiment conventuel. L'endroit respirait la sérénité, le silence, le calme. La sœur continuait, convaincue que son interlocuteur savait peut-être quelque chose.
— Vous me direz pas, monsieur Célestin, qu'elles ne cachent pas quelque secret ?
Le vieil homme haussa les épaules, en cachant, lui, un sourire.
— Eh bien, vous ne dites rien ?
Il fit passer son mégot d'un côté de ses lèvres à l'autre.

— Moi, vous savez, elles font comme bon leur semble !

— Mais tout de même, vous en pensez bien quelque chose ?

Célestin aimait bien les religieuses, mais il savait aussi que leur façon de voir le monde ne correspondait en rien à sa façon à lui d'appréhender les choses. Il savait que, s'il commençait à donner son opinion, la religieuse finirait par lancer un « Ohhhh ! Monsieur Célestin, tout de même ! », avant de tourner les talons, la cornette tremblante d'indignation. Elle continuait, baissant la voix :

— Et si ça se trouve, que c'est pour...

Elle ne finit pas sa phrase, fixant le pêcheur d'un air entendu, la main sur le ventre.

— Qu'est-ce que vous voulez dire ?

— Bé ! Vous ne me comprenez pas ?

Et du doigt, elle désignait son ventre. Il haussa de nouveau les épaules, le visage impassible. Il rajusta son chapeau d'un geste de la main. Puis, après un silence, il bougonna :

— On dit bien ce qu'on veut... Mais moi je m'occupe pas des affaires des autres. Elles font comme ça leur chante, après tout !

La religieuse prit un air pincé pour lancer :

— Vous êtes bien comme les autres, vous. Du moment que ça porte un jupon, ça fait ce que ça veut, hein ?

Il sourit, moqueur, lâcha :

— La preuve, c'est que vous, personne ne vous demande ce que vous y fichez, là-dedans, dans votre couvent ?

— Oh ! Que vous êtes méchant !

La pauvre religieuse tremblait de colère. Il savait qu'un jour, à force de les taquiner, elles arrêteraient de lui prendre ses poissons, mais il s'en moquait.

La sœur tourna les talons pour fermer la lourde porte au nez d'un Célestin ravi et qui se promit de filer sans plus tarder au moulin d'Emile, pour lui raconter comment, encore une fois, il avait fait enrager les sœurs. En revanche, il se lassait de devoir toujours entendre parler des aubergistes, et des ragots qui couraient sur elles. Après tout, peu lui importait qu'elles ferment tous les ans.

En remontant vers le village, il reconnut la silhouette du menuisier qui se glissait hors du potager de l'épicière. Il ralentit le pas, en sifflant entre ses dents :

— Eh bé ! Voyez ça, elle l'aura pas pleuré longtemps, le pauvre Marcellin !

Puis il se hâta de filer vers le pont.

Adélaïde observait sa sœur qui allait et venait entre la cuisine et la salle. Le soleil écrasait la vallée, et la treille, devant la porte de l'auberge, recommençait à donner un peu d'ombre. Deux tables avaient été installées sous la vigne. Une idée de Marie, une idée venue en observant monsieur Jean et sa fille, sur le petit banc de bois, le soir au soleil couchant. Adélaïde avait bien tenté de rouspéter un peu, pour la forme, mais les tables trônaient maintenant devant la route. Amandine aimait à s'y réfugier, le soir, pour faire ses devoirs. Elle devait ensuite filer à la cuisine quand les hommes arrivaient pour l'apéritif. Emeline y venait, elle aussi, dans la journée, pour préparer ses légumes ou vider un lièvre ou un poisson. Seule Adélaïde mettait un point d'honneur à ne pas s'y asseoir, ni même à y faire le service. Marie s'en moquait. Le soir, monsieur Jean ne manquait pas de s'y installer, son verre devant lui, le regard dans le vague.

Depuis quelques jours, il guettait l'instant où il pourrait enfin inviter Célestin à partager son repas. Mais le vieux pêcheur semblait perdu dans son univers, entre la rivière et son ami le meunier. On ne le voyait jamais parler aux gens de passage, ouvriers ou bûcherons. Pourtant, monsieur Jean le savait, le vieil homme voyait tout, comprenait tout et prenait un malin plaisir à observer le monde en spectateur un peu distant. L'ingénieur ressentait pour lui une curiosité de plus en plus vive. Il savait qu'il ne faudrait rien brusquer, au risque de le voir se refermer. Il avait aussi remarqué depuis peu les coups d'œil complices avec Adélaïde.

Quand il rentra du chantier, ce soir-là, il le trouva pour la première fois devant l'auberge sous la petite treille, seul. Célestin, comme à son habitude, grogna un bonjour bourru entre ses dents et se replongea dans ses pensées, sans plus s'occuper de lui. Monsieur Jean, avant de rentrer dans la grande salle, prit le temps de rouler une cigarette. Célestin ne perdait rien de la scène. Marie appela :

— Monsieur Jean, vous êtes déjà là !

Il sourit, hésitant entre engager la conversation avec le pêcheur ou répondre à la jeune femme. Il finit par lancer :

— Oui, le chantier avancera bien sans moi, ce soir !

Puis, après un temps de silence :

— Vous me porterez un verre et un pichet dehors !

— Voilà, j'arrive !

Il vint prendre place à la table laissée libre et, désignant le ciel du doigt, demanda :

— Ça va durer, ce temps, vous croyez ?

Célestin le dévisagea un instant, sans un mot, puis prit le temps de rallumer son mégot avec un briquet à amadou tout branlant, avant de lâcher :

— M'étonnerait bien qu'il vienne de la pluie, ces jours-ci !

Monsieur Jean se garda de répondre, fixant, droit devant lui, le flanc de la colline que l'ombre gagnait petit à petit. Marie apportait le verre et le pichet. On entendait, au premier étage, par la fenêtre de sa chambre restée ouverte, la voix d'Amandine qui jouait avec une poupée.

Monsieur Jean se versa à boire et, la cruche toujours à la main, regarda le vieux pêcheur sans un mot. Célestin, heureux de boire un verre de plus, acquiesça de la tête en grognant :

— Merci bien !

Le silence se fit de nouveau. Chacun perdu dans ses pensées, aucun des deux hommes n'osant vraiment entamer la conversation. L'enfant, au premier étage, grondait sa poupée :

— Tu sais que si tu n'es pas sage, tu ne joueras plus avec Ernesto. Et puis tu n'iras plus sur le bateau...

Monsieur Jean écoutait la fillette, se berçait de ses mots d'enfant, souriait en pensant qu'elle rejouait sans doute une scène venue de loin, en tout cas pas de son petit village du bord de la Dordogne. Il commençait à se faire une idée précise des raisons qui poussaient les trois sœurs à disparaître ainsi, chaque année. Il se demandait aussi si d'autres que lui pouvaient comprendre. Il en fut convaincu quand, tournant la tête vers le pêcheur, il le vit sourire en coin en le regardant. Lui non plus ne perdait rien de la scène et, dès cet instant, monsieur Jean fut convaincu que l'autre savait, sans doute depuis longtemps, mais que pour rien au monde il ne le laisserait voir. Pourquoi en ressentit-il un bien-être profond ? Lui-même l'ignorait. Désormais, il le savait, il pourrait demander à Célestin, sans crainte d'être rabroué, de lui apprendre à pêcher à l'épervier.

Emeline se leva en entendant claquer la porte de la grande salle. Elle reconnut la voix du brigadier qui appelait :

— Quelqu'un ?

Elle attendit un peu avant de lancer, depuis la cuisine :

— Je suis là !

Beaudecroche passait la tête.

— Bonjour, Emeline, votre sœur n'est pas là ?

Elle souriait. Elle essuya les mains à son tablier et releva machinalement son chignon impeccablement monté.

— Et laquelle vous cherchez ?

— Adélaïde.

Le gendarme restait piqué dans le passage, sans oser pénétrer dans la petite pièce. Emeline lança :

— Installez-vous, je viens !

Beaudecroche, mal à l'aise seul avec cette femme ronde et toujours si calme, n'osait prendre place, ni s'accouder au bar dans la salle vide. Dehors, le jeune gendarme attendait, assis à l'avant de la camionnette. Emeline passa derrière le comptoir.

— Un blanc ?

Beaudecroche jeta un regard vers la fenêtre, comme pour s'assurer qu'on ne pouvait le voir, et, posant son képi à côté de lui, murmura, la main en avant :

— Un petit, alors, hein ?

Il siffla le verre d'un coup de tête en arrière, avant d'essuyer ses longues moustache du revers de la manche. Emeline le regardait faire, sans un mot. Ce fut lui qui rompit le silence, en claquant de la langue :

— Bon, c'est rapport à la demande de votre sœur.

— Quelle demande ?

— A propos de son passeport.

Emeline regarda ailleurs. Beaudecroche reprenait :

— Elle vous en a dit quelque chose ?

Plutôt que de répondre, elle demanda :

— Je vous en ressers un ?

Et, sans attendre la réponse, elle remplit de nouveau le verre. Le gendarme se retourna une nouvelle fois vers la porte, avant de tremper ses lèvres.

— C'est pour lui dire qu'il est prêt. Il faudra bien qu'elle passe le chercher.

Emeline fila vers la cuisine. On entendit un bruit de couvercle puis elle réapparut, s'essuyant de nouveau les mains contre son tablier. Une odeur de légumes cuits embaumait à présent la pièce. Beaudecroche lui lança un coup d'œil, en souriant.

— A moi, vous pouvez bien le dire pourquoi elle a besoin d'un passeport, comme ça ?

Emeline réfléchit un instant, avant de répondre, d'une voix mal assurée :

— Sans doute qu'elle veut un passeport pour voyager ?

— Et pour aller où ? Grands dieux ! A son âge ! Et puis, elle est pas mariée...

Beaudecroche éclata de rire.

— Vous l'imaginez sur un bateau, ou dans un train pour Vladivostok ? C'est que c'est bien loin de sa vallée !

Emeline le regardait fixement, soudain, le visage impassible, le regard dur. Son rire mourut d'un coup. Il vida son verre de nouveau et lança, en reposant son képi sur sa tête :

— Moi, ce que j'en dis, hein ?

Il jetait deux pièces sur le comptoir en touchant sa visière du bout des doigts. Puis, la main sur la poignée de la porte :

— Elle passera bien le chercher ?

Emeline hocha la tête, le visage toujours fermé.

— Je lui dirai, sitôt qu'elle sera là.

Un instant après, elle entendit la petite voiture qui pétaradait, calait, redémarrait et partait enfin. Elle resta un long moment l'esprit ailleurs, puis elle revint prendre place devant son fourneau, son refuge, son endroit à elle.

Quand Marie poussa la porte du potager, elle trouva sa sœur assise devant un monceau de petits pois qu'elle écossait d'un geste rapide.

— J'ai entendu une voiture ?

Emeline tourna la tête, le regard toujours dans le vague. Elle fit, d'un ton distrait :

— Beaudecroche, pour Adélaïde... Son passeport !

Marie répéta, songeuse, à son tour :

— Son passeport...

Puis, posant son panier de légumes sur la table :

— A propos, elle est toujours chez les sœurs ?

Emeline parut se réveiller d'un coup.

— Elle y est depuis ce matin, oui.

— C'est pas mieux ?

— Non pas !

Marie vint actionner la grande pompe, sur l'évier de pierre. Elle commença à laver les pommes de terre qu'elle venait de récolter. L'eau éclaboussait son corsage et ses manches. Elle s'en moquait. Elle haussa le ton, pour couvrir le bruit :

— Tout de même, c'est bizarre, cette fièvre, sans arrêt, comme ça. Tu crois que les sœurs, elles vont faire quelque chose ?

Emeline, sans cesser de faire tomber les petits pois dans la gamelle devant elle, fit, comme on énonce une évidence :

— Elles ont soigné les malades toute leur vie. C'est pas parce qu'elles sont à la retraite ici qu'elles ont tout oublié !

— Dieu t'entende !

Puis, après un temps :

— Remarque, ça ne dure jamais bien longtemps, ces histoires. Trois ou quatre jours, tout au plus ! Je me demande si elle ne s'inquiète pas un peu pour rien ?

Puis, sans transition :

— C'est bien calme, aujourd'hui. A part les gendarmes, tu as vu du monde ?

Emeline attendit un instant avant de laisser tomber, songeuse à son tour :

— C'est le beau temps. On ne verra pas un bûcheron ce midi, et peut-être même ce soir. Ils vont en profiter pour rester là-haut tant que la pluie n'est pas là.

Marie continuait de laver ses pommes de terre, en éclaboussant partout autour d'elle. Emeline leva les yeux vers elle.

— Et ton amoureux, il mange pas là, ce midi ?

La jeune femme se retourna en tapant du pied.

— C'est pas mon amoureux ! Dis donc pas de bêtises !

— Avoue quand même que...

— Que rien du tout !

Et dans un grand geste des deux mains réunies en conque, elle aspergea d'eau sa sœur, qui éclata de rire. Marie se pencha vers la fenêtre, à côté de l'évier.

— La voilà...

— Adélaïde ?

— Oui, bécasse, pas la Vierge Marie.

— Alors presse-toi de finir de laver tes patates, qu'autrement sinon, elle pourrait faire beau !

12

Monsieur Jean releva les yeux de son livre. Marie, assise face à lui dans le cantou, brodait, sa petite boule d'eau et sa bougie à côté d'elle. Elle travaillait, le visage serein, concentrée sur une fleur multicolore qu'elle voulait le plus belle possible. Emeline, assise derrière le bar, somnolait, le menton sur la poitrine. Il murmura tout bas :

— Votre sœur, ça ne va pas, de nouveau ?

Marie fit, à voix basse elle aussi :

— Non, pas bien fort. Elle est encore au lit. Ça l'a reprise ce matin.

— Toujours ces fièvres ?

— Oui, toujours ça !

Deux hommes, dans le fond de la salle, jouaient aux cartes, en parlant peu dans une langue que Marie ne connaissait pas. De leur côté, Célestin et Emile continuaient leur partie de dominos. De temps à autre, Célestin levait des yeux inquiets au plafond, comme pour écouter les bruits qui venaient de la chambre d'Adélaïde. Monsieur Jean se pencha un peu pour parcourir la salle des yeux. Son regard croisa celui du vieux pêcheur. Il esquissa un sourire. Marie, de nouveau absorbée par sa broderie, murmura :

— Elle ne veut même pas de médecin !

— Et pourquoi ?

— Elle dit que les bonnes sœurs, ça suffit bien. Et puis elle dit que c'est pas un peu de fièvre, tierce ou quarte, qui lui fera dépenser le médecin !

Le vieil homme prit soin de replacer le signet de tissu pour marquer sa page et posa son ouvrage sur le banc, à côté de lui.

— La fièvre tierce ? Et qui donc a parlé de ça ?

Marie répondit d'un ton distrait, sans même relever la tête de son ouvrage :

— Les sœurs, c'est elles qui ont dit ça.

Monsieur Jean saisit le vieux tisonnier posé devant lui et replaça une bûche qui venait de rouler.

— Marie, vous savez ce que c'est, la fièvre tierce ?

La jeune femme, le regard toujours concentré sur son travail, répondit, d'un ton distrait :

— Non ? C'est quoi ?

Monsieur Jean se racla la gorge, gêné.

— Je... Enfin, c'est une maladie qui n'existe pas par chez nous.

Elle releva enfin les yeux vers lui. Ses joues marbrées de rouge par la chaleur du feu lui donnaient un air de petite fille prise en faute.

— Comment ça, c'est une maladie qui n'existe pas chez nous ?

Elle se troublait.

— Et alors, comment elle l'aurait eue ? poursuivait-elle.

Monsieur Jean haussa les épaules. Il sortit de sa poche un paquet de ses fines cigarettes parfumées. Depuis quelques jours, il retrouvait le goût du tabac blond, moins âcre que le gros brun dans ses petits paquets carrés. Il prit le temps de souffler un peu de fumée droit devant lui avant de lâcher :

— C'est aux colonies qu'on attrape ça. Pas en France...

Marie rougit et se garda bien de répondre. Monsieur Jean poursuivait :

— Elle est déjà allée aux colonies ?

La jeune femme aurait voulu être à des lieues de là, incapable soudain de se concentrer plus longtemps sur sa broderie, seulement préoccupée de savoir comment ne pas répondre à la question, ou, plutôt, comment y répondre sans se trahir. Elle finit par bredouiller, la tête basse :

— Vous savez, je dois... Je vais lui demander. Je ne sais pas tout de sa vie... euh, je veux dire... enfin, elle est plus âgée que moi, alors...

Célestin avait relevé la tête. Il ne perdait rien de la conversation.

Monsieur Jean, conscient qu'elle souffrait de devoir mentir pour cacher ce qu'elle et ses sœurs mettaient un soin jaloux à ne pas évoquer, à ne pas révéler, fit, d'un ton doux :

— Vous savez, Marie, il y a déjà longtemps que je sais.

Elle aurait tant aimé pouvoir se lever et fuir cette conversation... Mais elle se sentait incapable du moindre geste. Ainsi, lui, cet homme qui la fascinait tant, aurait compris ! Mais compris quoi ? Comment pouvait-on comprendre ? Elle refusait, en son for intérieur, une telle idée ! Elle s'entendit bredouiller :

— Et qu'est-ce que vous... Qu'est-ce que vous savez, alors ?

Il murmura, la cigarette entre le pouce et l'index, comme autrefois :

— Je sais que vous en savez bien plus que vous ne voulez le dire, que vous connaissez bien plus de choses que vous ne voulez l'avouer.

Puis, après un temps de silence, il ajouta :

— Et je vous envie bien !

Marie planta son regard dans le sien.
— Vous avez parlé avec la petite !
— Non, rassurez-vous, Marie. Je l'ai juste entendue jouer avec ses poupées.
Célestin se levait, repoussant sa chaise sous la table. Emeline ouvrit un œil. Les deux joueurs de cartes ne semblaient pas vouloir lever le camp. Le vieux pêcheur salua en sortant d'un sonore « Bonne nuit à tous ! » qui trancha sur le calme ambiant.
Derrière son bar, Emeline se leva en gémissant.
— Marie, tu fermeras bien ? Je monte voir Adélaïde et je vais me coucher.
Elle saisit la lampe Pigeon qui fumait à côté d'elle et monta l'escalier sans hâte, d'un pas fatigué. Monsieur Jean ouvrit de nouveau son livre.
— Vous savez, Marie, si vous voulez aller rejoindre votre petite, je fermerai.
Elle se sentait partagée, si bien avec lui, et dans le même temps redoutant qu'il lui parle de nouveau de sa sœur et de ses fièvres. Elle s'entendit répondre :
— Je suis bien, là, vous savez. Mais, s'il vous plaît, vous ne parlez plus de ma sœur.
— Pardonnez-moi, Marie. Je vous le promets.
Et il se replongea dans son livre, sa cigarette au bout des doigts. Marie fit, d'une voix douce :
— Vous repartez demain pour la journée ?
— Oui, et pour Paris à la fin de la semaine.
— Paris ?
Elle semblait soudain désemparée.
— Oui. Je dois vendre mon logement là-bas. Je crois bien que j'ai trouvé acquéreur.
— Vendre ? Et pour aller où ?
— Où ? Mais ici, Marie. Je vais m'installer ici.
— Ici, dans le village ?

Il eut un instant de gêne. Il regarda ailleurs et dit, dans un souffle :

— Je... Non, pas dans le village. Un peu plus haut, sur la colline. Si je trouve une maison à acheter !

Elle rangeait ses aiguilles et ses laines de couleurs dans une petite boîte à broderie multicolore.

— Et... en attendant ?

Il sourit, relevant les yeux vers elle, son regard si bleu dans le sien.

— En attendant ? Si vous le voulez bien, je resterai ici... Vous voulez bien ?

— Bien entendu que je le veux bien.

Les deux joueurs de cartes rangeaient leur jeu dans un plumier de bois blanc. Quand ils furent partis, monsieur Jean rassembla les cendres au milieu du foyer et, une bougie à la main, salua la jeune femme. Quand elle fut enfin seule, elle enleva les verres laissés sur les tables, un sentiment de chaleur dans le ventre, avec l'envie de rire de la vie. Elle n'avait plus sommeil et guettait les pas au-dessus de sa tête, essayant d'imaginer les gestes de monsieur Jean dans la chambre. Le sommier grinça enfin et le silence se fit.

La petite église du couvent se remplissait lentement, comme tous les dimanches. Les plus âgées des religieuses attendaient déjà, installées aux premiers rangs depuis un long moment. Elles bravaient le froid et l'humidité sans que l'on puisse bien savoir si elles faisaient cela pour être les premières ou plutôt pour briser l'ennui et la solitude.

Léonce, un voile noir sur les cheveux, se tenait bien droite devant sa chaise. Marie et Emeline se serraient de l'autre côté de la travée. Elles surveillaient avec gourmandise l'arrivée du menuisier. Depuis quelques jours, on parlait, dans le village. Chacun y allait de son commentaire. Vrai ou pas, le menuisier et l'épicière ? Pierre viendrait-il la rejoindre à l'église ? Célestin, bien calé derrière son pilier, observait les fidèles qui arrivaient endimanchés. Plus de femmes que d'hommes. Les enfants entraient en regardant les couleurs des vitraux baignés de soleil. Un bouquet de longues fleurs orange éclairait le chœur, posé dans un vase au col tarabiscoté. Une odeur de bougies et de pierres humides flottait dans l'air.

Les curieux en furent pour leurs frais. On ne vit pas le menuisier ce jour-là, à la messe. C'est en sortant que Marie croisa les yeux rieurs de monsieur Jean. Il regardait son monde sortir, debout devant sa chaise, au fond de l'église, à côté de celles d'Emile et de Célestin. Il venait là pour la seconde fois. La première, l'année précédente, pour la Sainte-Madeleine, Clanche l'accompagnait. Cette fois-ci, c'est seul qu'il était venu.

Le petit cloître étroit et sombre se remplit d'un coup. Emile, en passant, jeta de nouveau un regard par la porte du réfectoire. Célestin lui lança :

— Viens-t'en avec moi. Je te paye le casse-croûte à l'auberge.

Puis, après un instant :

— Je vais aller jeter l'épervier avant, pour la friture. Emeline, tu nous feras bien cuire ça ?

La grosse femme, qui se pressait de retourner derrière son fourneau, lança en riant :

— Presse-toi alors, sinon ce sera pour ce soir !

Monsieur Jean, son beau costume sur les épaules, se sentait un peu étranger à tout ce monde de la vallée, ce monde auquel il n'aspirait plus qu'à appartenir. Pourtant habillé en monsieur, le cheveu soigneusement peigné, ses mains blanches tenant négligemment une paire de gants de peau, il détonnait sur le reste de la troupe.

— Monsieur Jean, fit Célestin en se tournant vers lui, vous mangerez avec nous ?

Puis il ajouta, en s'éloignant :

— Comme ça, il y aura au moins quelqu'un d'élégant à table, aujourd'hui.

La supérieure, plantée dans le passage, siffla entre ses dents :

— Un homme si digne ! Avec ce pauvre homme ! Dans quel monde vit-on ?

Monsieur Jean sourit et lâcha, en passant devant elle :

— Moi, ce monde-là, je l'aime bien ! Bonne journée, ma sœur.

Elle resta un long moment immobile, à se demander pourquoi un homme aussi bien mis se compromettait ainsi. Au moment où Léonce passa devant elle, elle l'accrocha par le bras.

— Vous, suivez-moi...

— Mais...

— Je vous en prie, je dois vous parler !

Elle l'entraîna dans une petite pièce qui jouxtait le réfectoire.

Quand l'épicière en ressortit, quelques minutes plus tard, ses yeux rouges disaient qu'elle venait de pleurer. Elle traversa seule le jardin soigneusement tenu. La cloche du cloître sonna le déjeuner. Et elle, en ce dimanche ensoleillé, n'avait qu'un seul droit, rentrer seule chez elle et s'y enfermer dans le souvenir de son mari. Comment la sœur pouvait-elle savoir ? Ainsi donc, tout le monde savait déjà ? Elle pleurait doucement.

Pierre l'attendait, assis à la table de la cuisine, un verre plein devant lui. Elle ne le salua pas, passa devant lui et fila se changer.

A son retour, le menuisier avait disparu. Toute la rancœur quelle avait réussi, ces derniers jours, à refouler lui revint d'un coup au ventre et elle se promit bien de renoncer pour toujours aux hommes et à leurs affronts. Le soleil brillait. De l'autre côté de la rivière, on mangeait et on riait, et elle, elle devait rester là, dans cette maison qui lui faisait horreur, dans cette boutique dont elle ne supportait plus l'odeur. Ainsi, Pierre ne valait pas plus cher que les autres. Ainsi, elle avait eu tort d'y croire, tort de se sentir enfin heureuse, tort de penser que tout pouvait recommencer. Elle ne se sentait même plus la force de pleurer.

Le lendemain, quand la religieuse vint porter son panier et sa liste de courses, elle ne lui adressa pas la parole, laissant Léonce désemparée.

Célestin se cala contre sa chaise, le teint rouge, l'œil brillant. Trois bouteilles vides encombraient la table, du vin bouché payé par monsieur Jean. Emile ne disait mot, abruti par le repas et l'alcool. Quatre heures sonnèrent à l'horloge de l'auberge. Célestin, un peu ivre, fit, d'une voix sourde :

— Et alors, comme ça, vous voulez que je vous montre pour pêcher à l'épervier ?

Son interlocuteur, aussi frais et droit qu'au début du repas, laissait se consumer entre ses doigts une de ses cigarettes. Emile fumait sa pipe à petites bouffées gourmandes en empestant toute la salle. Monsieur Jean sourit.

— Vous pourriez me montrer ?

— Si vous voulez... Mais pour ça, il faut être né au bord de l'eau !

— Qu'à cela ne tienne, vous me montrerez tout de même.

Adélaïde, amaigrie, apportait une bouteille d'eau-de-vie dans laquelle flottait un serpent marron. Elle posa trois petits verres épais sur la table et les remplit soigneusement, en prenant bien garde de ne pas perdre de liquide à chaque fois. Emile la regardait faire.
— Tu vas mieux, Adélaïde ? Il paraît que tu as eu bien de la fièvre ?
— Et qui t'a raconté ça, à toi ?
Le meunier fit un geste vague de la main. Il saisit délicatement son verre et, avant de le porter à ses lèvres, demanda de nouveau :
— Alors, c'est vrai, cette histoire ?
La femme se campa devant lui, son éternel chignon de travers.
— Si on te le demande, tu pourras dire que c'est vrai. Mais c'est fini, tu sais. Elle a la peau dure, la patronne !
Et elle partit d'un éclat de rire un peu forcé. Marie, qui passait la tête par la porte de la cuisine, la regarda, inquiète. Adélaïde changeait. Elle refusait toujours de voir un médecin, se contentant de faire appel aux religieuses quand les crises devenaient trop violentes. Monsieur Jean, lui, commençait à entrevoir ce qui se passait réellement, même si la principale intéressée semblait refuser l'évidence.

Dans un coin de la salle, Pierre, affalé sur une petite table, cuvait la gnôle ingurgitée depuis la fin de la matinée. Déjà, au moment de pousser la porte, sa démarche hésitante trahissait une ivresse naissante. Se souvenait-il seulement du repas ? Il semblait n'avoir d'autre ambition, en arrivant à l'auberge, que de s'abrutir d'alcool. Ce soir, s'il parvenait encore à se lever, il faudrait certainement le raccompagner jusqu'à sa paillasse.

Célestin se leva pesamment, alourdi de vin et de bonne chère. Monsieur Jean lança :
— Attendez-moi ici, je reviens !

Il monta l'escalier quatre à quatre, aussi frais que le matin même. Marie lui jeta un regard admiratif, tandis qu'il poussait, au retour, la porte de l'escalier. Il venait de poser ses habits de dimanche pour un vieux pantalon trop large et un pull rapiécé qu'elle ne lui connaissait pas encore. Il se figea devant le regard amusé de la jeune femme.

— Eh bien ! Quoi ? Vous n'aimez pas ?

Elle pouffa.

— Je, enfin... c'est-à-dire, enfin, je n'ai pas l'habitude, voilà tout, de vous voir comme ça !

Pour la première fois depuis qu'elle le connaissait, elle eut le sentiment de le voir se renfrogner. Elle s'empressa d'aller chercher, dans l'appentis à côté de la cuisine, sa paire de bottes, de longues bottes de cuir à semelles de bois.

Célestin le regardait se préparer en souriant. Adélaïde, assise derrière le bar, observait la scène, étonnée de voir le vieux pêcheur, habituellement si jaloux de sa rivière, prêt à emmener avec lui ce « Parisien », ce « monsieur ». Emile sortit sur leurs pas en titubant, tétant avec obstination une bouffarde éteinte depuis déjà un moment.

La nuit commençait à tomber quand on vit reparaître un monsieur Jean trempé des pieds à la tête, empestant le poisson et la vase. Marie se précipita.

— Comment vous vous êtes mis ! Vous êtes fou ! Vous allez attraper du mal !

Il souriait, heureux de sa journée. Il s'assit sous la tonnelle et entreprit d'ôter ses lourdes bottes. Amandine le regardait, sans oser approcher. Marie, arc-boutée aux semelles de bois, tirait de toutes ses forces en riant ! Monsieur Jean de son côté l'aidait tant qu'il pouvait.

— Vous savez que maintenant je suis un vrai pêcheur de la Dordogne ?
— Alors, c'est vrai, il vous a appris ?
— Oui ! Qui aurait cru ça, hein ?
On entendit alors la voix essoufflée d'Adélaïde s'élever derrière le bar :
— En tout cas, c'est bien la première fois qu'il emmène quelqu'un avec lui, celui-là !
La pénombre commençait à tomber. Emeline alluma la petite lampe et la posa sur le comptoir. Elle en fit autant avec la suspension. Une odeur de pétrole brûlé se répandit un instant dans la pièce. La lampe fumait noir.
Quand il eut enfin ôté ses chaussures, monsieur Jean se précipita au cantou. Il s'arrêta net devant le menuisier, affalé sur le petit banc de bois, et qui ronflait autant qu'il le pouvait. Il éclata de rire.
— Décidément, il y avait bien longtemps !
Puis, tourné vers Marie plantée au milieu de la pièce :
— Je vais le raccompagner chez lui. Vous avez toujours la brouette ?
Amandine s'était réfugiée dans les jupes de sa tante. Elle n'aimait pas le menuisier. Il lui faisait un peu peur. Monsieur Jean le chargea sur ses épaules et le déposa doucement dans la brouette de bois.
Il frissonna en passant le pont. Il n'alla pas jusqu'à la scierie. Malgré l'obscurité, il se faufila derrière l'épicerie et vint frapper à la porte de la cuisine. A travers les carreaux, il pouvait deviner Léonce, assise seule devant la table. Elle tourna la tête. La lueur d'une bougie éclairait mal son visage. Elle sursauta.
— C'est qui ?
— C'est moi, monsieur Jean, le monsieur du chantier.
Elle se leva, un peu hésitante, ouvrit la porte.

— Et qu'est-ce que vous voulez, à c't' heure ?

Il s'effaça pour montrer le menuisier, affalé entre les montants de bois.

— Sainte Vierge ! Qu'est-ce qui lui arrive ? Il s'est fait mal ?

Puis, réalisant l'incongru de la situation, elle lança :

— Et puis d'abord, pourquoi que vous me le ramenez ici, cet ivrogne ?

Monsieur Jean se pencha, le saisit de nouveau à bras le corps et demanda, d'un ton qui n'admettait pas de réplique :

— Je vous le dépose où ?

Elle se troubla un instant puis, dans un geste de résignation, elle murmura :

— Après tout !... Suivez-moi... Il sera toujours mieux ici que sur sa paillasse.

Elle le précéda dans la chambre au lit haut sur pieds, recouvert d'un édredon rebondi. Elle lui fit signe de le déposer dessus.

Monsieur Jean souffla un instant.

— C'est qu'il est lourd, l'animal !

Puis il tourna les talons. Au moment de sortir, Léonce posa la main sur son bras.

— Merci... Vous ne direz rien, hein ?

— Mais non, rassurez-vous. Et filez, maintenant. Il aura bien besoin de vous au réveil !

Elle mourait d'envie de lui demander comment il savait, n'en eut pas le temps. Il disparaissait déjà dans la nuit. Quelque part, un chien aboya. Elle referma sa porte, un sentiment de chaleur au cœur. Elle hésita un instant puis vint s'asseoir au pied du lit, la bougie posée sur la table de nuit. Combien de temps resta-t-elle ainsi, sans bouger, à écouter respirer le menuisier qui empestait l'alcool ?

L'été approchait et pourtant, dans l'auberge, le temps semblait se figer peu à peu autour d'Adélaïde, dont les crises se faisaient de plus en plus fréquentes. Monsieur Jean passait beaucoup de temps auprès d'elle, délaissant parfois le chantier pour aller à Mauriac tenter de trouver un peu de quinine. Adélaïde, de son côté, refusait toujours de voir un médecin. Elle prétendait que personne mieux qu'une femme ne pouvait soigner une femme. Quand on lui répondait que les pauvres religieuses pouvaient se trouver parfois un peu dépassées, elle se refermait et baissait le regard.

Un jour, pourtant, qu'elle grelottait, secouée de frissons, le front en nage, Emeline vint trouver monsieur Jean sur le chantier. Le spectacle de cette femme rondelette, essoufflée, la jupe traînant par terre, au milieu des hommes en bras de chemise, suant sous le soleil, sales et mal rasés, le fit sourire. Elle parcourait le chantier du regard, n'osant avancer trop loin. Elle sursauta quand il posa la main sur son épaule.

— Vous me cherchez ?
— Vous m'avez fait peur !

Elle posait la main sur sa poitrine, comme pour bien montrer son trouble.

— Je suis venue vous chercher pour ma sœur !
— Marie ?
— Non, Adélaïde. Elle me fait peur. Elle m'a envoyée trouver une religieuse. Mais moi, j'ai préféré venir ici.

Puis, le visage soudain défait, elle laissa couler ses larmes sans retenue, sans pudeur, comme une enfant qui laisse éclater son chagrin. Monsieur Jean lui saisit la main et l'entraîna un peu plus haut, loin des regards. Il la prit doucement dans ses bras, comme on enlace un être cher qui souffre, et lui chuchota à l'oreille :

— Je vais aller le chercher, moi, le médecin. Tant pis si elle se fâche. Vous voulez venir avec moi ?

Elle renifla, en murmurant d'une voix enrouée :

— Elle ne va pas être contente.

Il se détacha d'elle en souriant.

— Vous direz que c'est de ma faute !

Une explosion la fit sursauter. Elle éclata d'un petit rire nerveux. Un peu de poussière montait du fond de la vallée.

— Suivez-moi.

La grosse voiture noire stationnait devant les baraques de bois du village de planches, en bas du chantier. Emeline découvrait pour la première fois cet univers si proche de chez elle et si éloigné à la fois. Une femme la regardait, à demi dissimulée par le chambranle de sa porte. Un gosse au visage crasseux s'agrippait à ses jupes. La femme lança une phrase qu'Emeline ne comprit pas. Monsieur Jean répondit dans la même langue et ouvrit la portière du côté passager.

La grosse femme, interloquée, s'assit avec peine, en gémissant. Il demanda :

— Vous n'avez pas peur en voiture ?

Elle le regarda, avec des yeux d'enfant.

— C'est la première fois que je monte dans une automobile !

Il partit d'un grand rire sonore.

— Alors, je vais rouler doucement !

Arrivé à Saint-Projet, quelques minutes plus tard, il avait déjà fallu s'arrêter deux fois, tant Emeline se sentait mal. Il la laissa blême et nauséeuse devant la porte de l'auberge et fila directement sur Mauriac.

Au premier étage de l'auberge, une religieuse se penchait sur Adélaïde, la main sur son front, en murmurant une prière. Marie regardait la scène sans pouvoir retenir ses larmes. De la quinine dans un flacon, sur la table de nuit, et un verre d'eau, voilà tout ce que la patiente acceptait de prendre. On avait fermé la fenêtre et tiré un peu les volets, de sorte que la pièce se trouvait plongée dans une semi-pénombre. De violents frissons agitaient la malade de temps à autre. Emeline poussa la porte de la chambre. Marie la fixa, le regard perdu.

— Tu étais où ?

Emeline ne répondit pas et fit signe à sa sœur de la suivre. Adélaïde tourna la tête pour les regarder sortir, le visage baigné de sueur. Quand elles furent dans la grande salle, Marie demanda :

— D'où tu viens ? Les bonnes sœurs ne t'ont pas vue !
— Je suis allée chercher monsieur Jean !
— Tu es folle ?
— Non pas !
— Et il est passé où ?

Emeline baissa la tête.

— Il est parti chercher le docteur.
— A Mauriac ?

Elle se contenta de hocher la tête. Marie resta un instant silencieuse. Puis, dans un soupir :

— Quand elle va le voir arriver, elle va faire beau !

La grosse femme se contenta de hausser les épaules.

— Grand bien lui fasse ! En attendant, les pauvres religieuses, elles y perdent leur latin !

Dehors, le soleil commençait à prendre ses couleurs d'été. Le vert des collines semblait plus brillant, plus profond. L'odeur de la rivière montait par bouffées jusqu'à la petite auberge. Un homme passa sur le chemin, guidant son troupeau de chèvres. Marie le suivit du regard un instant par la fenêtre ouverte. Un courant d'air chaud traversait par moments la pièce. Pourtant, les deux femmes avaient froid. Un froid intérieur, un froid de l'âme comme du corps. Emeline, après un long silence, demanda, comme une enfant :

— Tu crois... Tu crois qu'elle va mourir ?

Marie se redressa et passa la main dans ses cheveux.

— Mais non, voyons ! Tu es bien sotte, de poser de telles questions.

Puis, après un instant :

— Et ton fourneau, tu l'as laissé s'éteindre ?

Emeline se prit le visage à deux mains en lançant un « Oh, mon Dieu, le feu ! » qui fit sourire sa sœur, puis elle fila vers la cuisine. Le vent portait par instants le bruit de la scie de Pierre. Depuis que le village du chantier s'étendait chaque jour un peu plus, il passait ses journées à débiter de longues planches de bois ordinaire. Il ne rentrait presque plus dans son atelier, à côté de la scierie.

Célestin poussa la porte de l'auberge et resta un instant immobile à regarder Marie, campée devant le cantou, les yeux perdus sur le foyer éteint. Il semblait ne pas savoir comment aborder la conversation. Ce fut la jeune femme qui rompit le silence :

— Tu veux savoir comment elle va ?

Il se contenta de grogner.

— Elle va pas bien !

Il avança d'un pas, le chapeau à la main.

— Et le docteur, qu'est-ce qu'il a dit ?

— Le docteur, il est pas encore venu.

Le vieux pêcheur se tenait debout, intimidé. Il grogna, d'une voix sourde :

— Elle veut pas ?

— Non !

— M'étonne pas d'elle !

Célestin aurait voulu pouvoir en dire plus, dire qu'il se sentait triste, dire qu'il s'inquiétait pour Adélaïde, dire qu'il aurait tant aimé la voir, monter lui tenir à son tour la main. Mais il ne savait comment faire pour partager sa peine avec Marie. Il restait là, piqué comme un enfant qui a fait une bêtise et qui s'attend à une punition.

— Tu veux la voir ?

Il fit signe de la tête.

— Suis-moi.

Il monta sur la pointe des pieds le petit escalier de bois, surpris par la fraîcheur et le parfum d'encaustique. Adélaïde sursauta en le voyant entrer. Un sourire bref éclaira son visage. Au même instant, on entendit monter du chemin le bruit d'une carriole à cheval, qui s'arrêta devant l'auberge. Marie regarda au travers des volets mal clos. Elle murmura :

— Voilà Malassou.

Adélaïde se redressa en gémissant. La religieuse posa la main sur son bras.

— Ne bougez pas, vous allez vous fatiguer !

La malade parvint à lancer :

— Malassou, je veux pas le voir. J'ai pas besoin de lui !

On entendait déjà son pas dans l'escalier. Célestin se tenait immobile dans le fond de la pièce. Un vieil homme, la barbiche en pointe, une paire de lorgnons sur le nez, se précipita vers le lit sans saluer personne. La religieuse se redressa.

— Ça va faire depuis hier qu'elle a pris le lit, docteur !

Il se tourna vers elle, comme s'il la découvrait enfin.

— Vous l'avez soignée ?

Puis, sans lui laisser le temps de répondre, il fixa Célestin, planté dans son coin.

— Vous êtes le mari, vous ?

— Non, je m'en vais retourner...

— C'est ça, mon ami, retournez, retournez...

Célestin se pencha vers Adélaïde, qui ne le quittait pas des yeux.

— Bon, ben... Repose-toi, alors.

Puis il sortit en prenant bien garde de ne pas faire de bruit avec la porte.

Quand, longtemps après, le médecin reparut, Marie sur ses talons, Emeline se précipita hors de sa cuisine.

— Alors, docteur, vous l'avez soignée ?

Il se contenta de la regarder, sans répondre. Marie, pour meubler le silence, demanda, d'une voix mal assurée :

— Je vous sers quelque chose ?

— Une eau-de-vie, oui. Vous avez un peu d'eau et de savon ?

Il disparut dans la cuisine, avant de reparaître, les manches retroussées, le veston éclaboussé. Il siffla son verre d'un coup avant de lâcher :

— Maintenant, il faudra bien me dire où elle l'a attrapée, cette saleté de malaria !

Les deux sœurs échangèrent un regard bref. Marie voulut parler. Emeline la devança :

— C'est que, docteur, c'est des choses, personne le sait.

— Comment ça, « personne le sait » ?

— C'est-à-dire, ça ne se dit pas, comme ça, devant le monde.

Elle fixait le vieux pêcheur. Au même moment on entendit la voiture noire s'arrêter devant la treille. Monsieur Jean parut, le visage inquiet.

— Alors ?

— Alors, malaria ! fit le médecin en écartant les bras dans un geste d'impuissance. Ici, au bord de la Dordogne ! Vous ne me direz pas que c'est ici qu'elle l'a attrapée, non ?

Monsieur Jean esquissa un sourire.

— Ça non, c'est sûr ! Mais avant de leur faire dire quelque chose...

Il regardait Marie d'un air entendu en poursuivant :

— ... il passera encore de l'eau sous le pont de Saint-Projet !

Le vieux médecin lissait sa barbiche du bout des doigts, tout en griffonnant une ordonnance incompréhensible. Il la tendit à Marie, l'air distrait.

— Il paraît, comme ça, qu'elle aurait attrapé ça cet hiver ?

Emeline se dandinait d'un pied sur l'autre. Marie, elle, aurait voulu parler, raconter, dire ce que, depuis si longtemps, Adélaïde mettait un soin jaloux à cacher. Monsieur Jean regardait les personnages, debout au milieu de la pièce, comme un spectateur qui attend la chute d'une scène avec gourmandise.

Amandine, en poussant la porte, fit retomber d'un coup la tension qui régnait. Elle se précipita sur sa mère en lançant :

— Maman, j'ai eu un dix, en dictée, un dix !!!

Marie posa un baiser sur le front de sa fille en murmurant :

— Je te félicite !

Elle jeta un regard complice à monsieur Jean. Le vieux médecin, agacé, se leva en maugréant :

— Bon, après tout, peu importe. Gardez ça pour vous ! Moi, ce que j'en dis !

Il récupéra sa trousse de cuir. Emeline posait devant lui quelques billets froissés. Il les rafla d'un geste sec et planta son regard dans le sien.

— Et la prochaine fois, faites-moi appeler. Les pauvres sœurs n'y peuvent rien. Votre sœur ne va pas bien du tout.

Il ne faut pas plaisanter maintenant avec ça. Tenez-moi au courant. Et venez me chercher, même en pleine nuit, s'il le faut !

Marie le raccompagna. Un instant après, on entendait la voiture remonter le petit chemin de terre et de cailloux, au pas lent du cheval.

Monsieur Jean tendit la main. Emeline lui remit l'ordonnance. Dehors, on entendait la rivière qui roulait des eaux tumultueuses, des eaux qu'avaient désertées les bateaux cette année.

13

Léonce, piquée derrière la porte de la boutique, essayait de deviner le bruit des pas de Pierre par-dessus celui de la Dordogne. Depuis quelques jours, ils ne se cachaient plus. Il vivait de plus en plus souvent chez elle, au vu et au su de tout le monde. On la regardait à présent avec une moue de compassion et de dégout mêlés. On venait toujours s'approvisionner chez elle, mais les discussions duraient moins longtemps, on évitait aussi de parler devant elle. Elle s'en moquait bien. Elle, malgré son âge, plaisait encore. Qui pouvait en dire autant ? Elle se sentait fière de son amant. Elle l'aimait, malgré l'alcool, elle l'aimait, malgré son vin mauvais, elle l'aimait, malgré son égoïsme.

Seul, dans le village, monsieur Adrien semblait trouver l'aventure amusante. Il observait cette idylle, jour après jour, avec l'œil curieux de celui qui se demande jusqu'où cela ira.

Monsieur Jean, de son côté, apprenait le métier de pêcheur. Il savait maintenant lancer l'épervier et pêcher ses propres fritures. Adélaïde semblait se remettre de sa crise. En revanche, elle ne bougeait toujours pas de son lit, veillée jour et nuit par une religieuse. Amandine n'osait pas approcher de la porte de la chambre de sa tante. Les hommes venaient toujours aussi nombreux, le soir, à l'auberge, mais, de façon très étrange, comme s'ils se fussent donné le mot, ils parlaient maintenant bas, évitant les éclats de voix et les rires trop sonores. Monsieur Jean avait rejoint depuis quelques jours Emile, à la table de Célestin, pour la partie de dominos du soir. Marie ne souriait plus, inquiète de voir sa sœur aînée dépérir. Seule Emeline semblait retrouver peu à peu sa bonhomie. Le vieux médecin passait tous les deux jours, au grand dam d'Adélaïde, qui trouvait que c'était de l'argent jeté par les fenêtres. Monsieur Jean, à plusieurs reprises, avait tenté de parler avec Marie. Mais, invariablement, elle se murait dans le silence, comme ses sœurs. Il trouvait sa place dans le village chaque jour un peu plus. Il commençait même à apprendre quelques mots d'occitan. Le printemps céderait bientôt la place à l'été, et les jours qui passaient voyaient l'auberge devenir plus froide, plus silencieuse, plus triste. Seule Amandine continuait à courir en riant entre la cuisine et la grande salle.

Adélaïde souffrait à nouveau, depuis maintenant plus d'une semaine. Elle se plaignait de plus en plus de maux de tête. On tenta de la lever, mais elle ne put tenir debout.

Ce fut au quinzième jour qu'elle mourut, inconsciente et amaigrie. Le vieux médecin revint une dernière fois. Marie se réfugia dans la petite église du couvent, à l'abri des regards. Elle ne parvenait pas à pleurer. Emeline, elle, chassa la religieuse de la chambre et ne voulut personne d'autre qu'elle pour faire la toilette de sa sœur. Monsieur Jean, ce jour-là, ne descendit pas au chantier. Les hommes se cassaient le nez sur la porte close. L'auberge resta fermée trois jours. Pierre sortit à peine de chez lui. Léonce passa de longues heures à l'attendre, campée derrière ses carreaux.

La porte grande ouverte laissait passer un courant d'air qui faisait voler le rideau de perles posé depuis quelque temps à l'entrée de l'auberge. La petite treille abritait maintenant de plus en plus de monde. Il avait même fallu ajouter une table. Marie ne parvenait pas à retrouver le sourire. Il lui semblait toujours, en rentrant dans la grande pièce, qu'elle allait retrouver la silhouette courte de sa sœur, assise derrière le comptoir, son chignon mal mis et le visage un peu sévère. Seule Emeline pénétrait maintenant dans la chambre d'Adélaïde. Les deux sœurs repoussaient tous les jours le moment de vider l'armoire et de refaire le lit.

Le premier éclat de rire qu'on entendit dans la maison, ce fut quand monsieur Jean arriva un jour, tenant un baudet par la longe, un animal qui, visiblement, n'entendait pas lui obéir. Marie se précipita au-devant de lui, ses longs cheveux défaits.

— Mais... qu'est-ce que vous faites, avec ce bestiau ?

Il portait de nouveau ses grandes bottes de cuir à semelles de bois.

— C'est pour mener sur le chantier, pour charrier des gravats dans les endroits difficiles d'accès.

— Et vous tenez ça d'où ?

Tout en parlant, elle prenait la longe et la nouait à un anneau fiché dans le mur. L'animal tapa du sabot. Puis s'immobilisa. Elle reprenait :

— Et au moins, il y aura quelqu'un qui sait y faire sur votre chantier ?

Il rit.

— Enfin, oui ! Vous pensez bien. Tous mes gars, vous croyez qu'ils viennent d'où ?

Puis après un instant, tout en s'asseyant sous la tonnelle, à côté du baudet :

— Il n'y a que moi. Je dois bien dire... J'ai pas bien été habitué !

Marie revenait, une bouteille et un verre à la main. Elle le remplit et resta debout à côté de lui. Il prit le temps d'allumer une de ses fines cigarettes.

— Vous ne roulez plus vos cigarettes, à présent ?

— Non, voyez-vous. J'ai essayé, mais... enfin, je préfère celles-ci.

Il trempa ses lèvres dans le verre. Son regard croisa celui de la jeune femme. Marie se figea soudain. Ses traits s'affaissèrent. Deux hommes sortaient d'une petite voiture claire qui venait de s'arrêter devant l'auberge, dans un nuage de poussière brune. Le plus âgé des deux s'immobilisa en l'apercevant. Monsieur Jean demanda :

— Quelque chose ne va pas ?

Elle bafouilla :

— Je... si, enfin, ça va, si !

Puis elle tourna les talons pour filer à la cuisine. Les nouveaux arrivants saluèrent monsieur Jean et vinrent prendre place à la table voisine. Marie reparut un instant plus tard, livide, le chignon refait.

— Comment allez-vous ? fit le plus âgé des deux en s'adressant à elle dans un grand sourire.

Il continuait, sur le même ton :

— Si je m'attendais ! C'est une drôle de surprise de vous trouver ici !

Marie, au comble de la gêne, demanda :

— Et je vous sers quoi ?

L'homme parut surpris :

— Pardon, vous êtes d'ici, vous ?

Elle bredouilla de nouveau :

— Je ne... enfin, oui, non, pas vraiment !... Enfin, si !

L'homme s'esclaffa de plus belle.
— C'est chez vous, alors, ici ?
Emeline, derrière le rideau de perles, rappela discrètement sa sœur à l'ordre :
— Marie !
Mais elle semblait ne pas entendre. Elle lâcha, dans un souffle :
— Oui, vous voyez.
— Eh bien, ça me fait drôle, de vous revoir ici ! Si je m'attendais ! Madame de Vernoux ! Et vos sœurs, comment vont-elles ?
Monsieur Jean, de plus en plus interloqué, fumait doucement sa petite cigarette, l'œil de nouveau acéré, l'œil du monsieur Jean des premiers mois. Un sourire timide se lisait sur son visage. Marie souffla, dans un sanglot :
— Notre sœur aînée nous a quittées, il y a quelques jours...
— Oh ! Pardon ! Condoléances. Et votre autre sœur, la générale ?
Marie rougit de plus belle.
— Elle... est là.
— En visite ?
Marie jeta un regard perdu en direction de monsieur Jean.
— Je, non, enfin... c'est-à-dire qu'elle vit avec nous, maintenant.
Quelque chose n'allait pas. Quelque chose sonnait faux. L'homme le sentait bien. Il commençait à son tour à perdre pied.
— Vous voulez dire qu'elle ne vit plus à Paris ?
Marie, qui aurait tout donné pour se trouver à mille lieues d'ici, sentait le sang monter à ses joues et la tête lui tourner. Un long silence se fit, qui fut rompu par la

voix calme et sereine d'Emeline, qui se montra enfin. L'homme bondit de son siège et vint lui baiser la main.

— Ma générale...

— Monsieur, fit Emeline, je vous remercie de votre empressement.

Monsieur Jean fit mine de se lever.

— Je peux partir, si vous le voulez ?

Elle lui fit signe de se rasseoir, d'un geste autoritaire qu'il ne lui connaissait pas.

— Non, surtout pas. Le temps est venu maintenant de tout dire.

Puis, tournée vers sa sœur :

— Tu veux bien, Marie ?

La jeune femme opina, le visage apaisé.

— De toute façon, Adélaïde n'est plus là, alors...

Au loin, on devinait la silhouette de Célestin qui approchait, son filet sur l'épaule, une bourriche d'osier en bandoulière. Emeline reprit :

— Monsieur Jean, et vous, cher ami, ici, nous ne sommes, ou plutôt nous n'étions que trois sœurs qui vivions dans une petite auberge au bord de l'eau. Mais vous le savez bien, monsieur Jean, on vous l'a assez dit : tous les ans, nous ne sommes pas là durant plus d'un mois.

Elle marchait de long en large devant les trois tables, les mains derrière le dos, continuant à parler :

— Et durant tout ce temps-là, monsieur Jean, savez-vous ce que nous devenons ?

Elle le fixait, le visage soudain empreint d'anxiété. Soufflant négligemment la fumée de sa cigarette, il fit, d'un ton dont le calme tranchait avec celui d'Emeline :

— Vous devenez mesdames de Vernoux, dans le grand monde, c'est ça ?

Elle sourit. Marie se tenait en retrait.

— Non, monsieur Jean, nous n'allons pas dans le grand monde... Nous allons dans le monde, tout simplement, avec l'argent économisé tout au long de l'année.

Le regard de monsieur Jean venait de changer. Il regardait maintenant Marie, d'un œil admiratif et surpris. Emeline poursuivit, comme entraînée par ses propres mots, par cette confession si longtemps retenue :

— Et savez-vous, cher monsieur, où nous étions, cette année ?

Monsieur Jean se contenta de faire non de la tête.

— Cette année, nous sommes allées au Brésil. Nous avons remonté des fleuves plus larges que cette vallée, nous avons croisé des peuples qui vivent presque nus. Voilà, monsieur Jean, où nous étions, cette année !

Marie restait muette, comme tétanisée. Célestin approchait toujours, de son pas lent. Bientôt il serait à portée de voix. Monsieur Jean souriait toujours. Emeline conclut, d'une voix apaisée :

— Alors, vous imaginez bien, si ça se savait ici, qu'est-ce qu'on dirait ? Les gens, vous imaginez ?

Monsieur Jean lâcha, en soufflant la fumée droit devant lui :

— Je crois que je comprends, oui.

Puis, tourné vers le visiteur :

— Vous comprenez aussi, vous, monsieur ?

L'homme semblait ne pas savoir comment se sortir de cette situation embarrassante. Il se racla la gorge, passa la main dans ses cheveux, jeta un coup d'œil au vieux pêcheur qui approchait et finit par murmurer :

— Je crois que je comprends, moi aussi.

Marie parut se détendre d'un coup. Emeline fila remuer une casserole dans un grand bruit de couvercle. Célestin salua les trois hommes, sans un mot, en touchant le bord de son chapeau, puis pénétra dans la grande salle.

Marie entra sur ses pas. L'instant d'après, on entendait tinter la bouteille dans le bac de zinc.

Monsieur Jean se tourna de nouveau vers son voisin.

— Et vous venez d'où ?

— Nous venons ici prendre des photos, voyez-vous. Après le Brésil cet hiver, nous voici dans ce paysage merveilleux.

Puis, après un instant :

— Tout de même, quelle drôle d'histoire !

Il rit.

— Quand je repense à ces quelques jours de traversée, sur le paquebot... Elles menaient grand train. Toilettes, bijoux et champagne, tous les soirs ! Et vous dites que le reste de l'année elles sont ici ?

Monsieur Jean opina.

— C'est inouï ! poursuivit l'homme. Elles cachent bien leur jeu, alors ?

— Elles ont sans doute droit à leurs petits mystères, leur jardin secret à elles. Ici, elles sont les aubergistes. Elles ont eu envie de s'inventer une autre vie, ailleurs.

Dans la grande pièce, Célestin souriait, son filet sur l'épaule. Il n'avait rien perdu de la conversation. Emeline pesait la friture. Marie, au premier étage, allait et venait dans des bruits de portes et de pas.

Quand elle reparut, sur son corsage s'étalait un tissu chamarré, aux couleurs vives, un tissu de grosse laine aux motifs réguliers. Elle se planta devant le vieux pêcheur, qui la regarda, sans se départir de son sourire. Il se contenta de murmurer :

— Est-ce qu'ils ont vraiment besoin de savoir, tous les autres ?

Elle se figea.

— Tu... tu savais ?

Et Célestin, dans un grand sourire :

— De Vernoux, c'est une idée à moi...

— Toi ?!

Emeline revenait avec quelques pièces dans la main qu'elle lui tendait. Elle sursauta en voyant le poncho sur les épaules de sa sœur.

— Ma fille, tu déraisonnes !

— Maintenant, Emeline, quelle importance ?

Sa sœur désignait Célestin du regard. Marie laissa tomber :

— Je crois que... que tu peux parler devant lui.

— Devant qui ?

Marie montrait le pêcheur.

— Et pourquoi ça ? Tu lui as parlé ?

Elle écarta les bras, dans un geste d'impuissance.

— Figure-toi que j'en ai pas eu besoin !

— Comment ça, « pas eu besoin » ?

Dehors, les hommes continuaient de parler. On entendait le ronron de leurs voix. Célestin dévisagea Marie et, sans un mot, il reposa son chapeau sur sa tête et fila de son pas traînant. Emeline revenait à la charge :

— Comment ça, « pas eu besoin » ?

Marie se troubla un peu et fit, d'une voix mal assurée :

— Il m'a dit que de Vernoux, c'était lui qui avait eu l'idée.

Emeline sembla vaciller, elle chercha de la main le dossier d'une chaise, s'assit lourdement.

— Quelque chose ne va pas ?

— Si, si... c'est que...

— Que quoi ?

— Que Célestin, là...

— Oui, eh bien, quoi ?

— Alors c'était lui le... enfin, avec Adélaïde... Célestin et Adélaïde. C'est donc avec lui qu'elle était partie, la première fois... Tu ne peux pas te souvenir, tu étais encore trop petite. Un matin, elle était partie, comme ça, sans rien dire. On savait seulement que c'était un gars d'ici qui était venu la chercher pour partir, son amoureux. Papa ne voulait pas en entendre parler. Ils ont disparu pendant plus d'un an.

— Je me souviens, oui, un peu, fit Marie, soudain attentive.

— Eh bien, figure-toi qu'un jour elle est revenue, toute seule.

— Je me souviens, répéta la jeune femme.

Emeline se levait, faisait le tour du comptoir et se servait un petit verre de liqueur verte. Elle y trempa les lèvres, regarda sa sœur en souriant.

— J'en avais besoin... Ah le cochon, il a bien caché son jeu, celui-là !

— Comment ça ?

Emeline reprenait, du même ton monocorde :

— Eh bien, je viens de comprendre que le gars en question, c'était lui ! Elle s'était fait appeler madame de Vernoux, pendant tout le temps de sa fuite. Comment il pourrait le savoir, autrement ?

Marie souriait de plus belle. Elle sembla réaliser soudain autre chose :

— Et c'est pour ça qu'elle a voulu venir ici ouvrir l'auberge, quand papa et maman n'ont plus été là ?

Emeline finissait son verre en toussant.

— C'est... fort !

— Et c'est pour ça aussi, alors, qu'elle voulait qu'on n'en parle à personne !

Elle riva son regard dans celui de sa sœur et fit, d'un ton plus dur :

— Et tu savais tout ça ?

— Non, tu le vois bien. Je comprends seulement maintenant.

Puis, d'un ton résigné :

— Il y a maintenant plus de dix ans que j'attendais de comprendre.

Dehors, on appelait. Marie se dirigea vers la porte. Elle se ravisa, se tourna vers sa sœur.

— Et on fait quoi, alors, maintenant ? On peut en parler ?

Emeline baissa la tête, perdue dans ses pensées. Enfin, relevant le visage, elle lâcha, comme une évidence :

— Non pas. Lui, il est toujours là. S'il veut en parler, il le fera. En attendant, il a bien su tenir sa langue toutes ces années, on saura bien tenir la nôtre encore un peu. Alors, va servir ces messieurs, et qu'on n'en parle plus jamais.

Marie souleva le rideau de perles et demanda en souriant :

— Ce sera quoi ?

Epilogue

Monsieur Jean étira ses jambes. Le feu brûlait doucement, sans autre utilité que d'égayer un peu la grande salle. Les hommes buvaient sec, comme à leur habitude. Pierre faisait tout ce qu'il pouvait pour ne pas glisser le long du comptoir. Encore une fois, il serait incapable de rentrer seul. Tout le monde, désormais, savait que Léonce ne fermerait pas l'œil avant qu'il soit rentré et que, sans doute, elle devait l'attendre dehors, tapie dans un coin devant l'auberge.

Marie vint s'asseoir en face de monsieur Jean. Amandine lisait en ânonnant le livre à couverture rouge. Elle tournait les pages avec douceur, pour ne pas les froisser. Monsieur Jean regarda le menuisier.

— Il va encore me falloir le ramener, celui-là !

Puis, tourné vers la jeune femme qui ne le quittait pas du regard :

— Et pour cette année, vous avez prévu de partir où ?

Alors, dans un grand éclat de rire, Marie fit, d'un air candide :

— Partir ? De quoi vous voulez parler ?

Ce fut au tour de monsieur Jean de s'esclaffer. Il cligna de l'œil et répondit, du même ton moqueur :

— C'est vrai, ça, après tout. Partir ? Quelle drôle d'idée !

Romans « Terres de France »

Jean Anglade
Un parrain de cendre
Le Jardin de Mercure
Y a pas d'bon Dieu
La Soupe à la fourchette
Un lit d'aubépine
La Maîtresse au piquet
Le Saintier
Le Grillon vert
La Fille aux orages
Un souper de neige
Les Puysatiers
Dans le secret des roseaux
La Rose et le Lilas
Avec le temps...
L'Ecureuil des vignes
Une étrange entreprise
Le Temps et la Paille
Les Ventres jaunes
Le Semeur d'alphabets
La Bonne Rosée
Un cœur étranger
Les Permissions de mai
Les Délices d'Alexandrine
Le Voleur de coloquintes
Sylvie Anne
Mélie de Sept-Vents
Le Secret des chênes
La Couze
Ciel d'orage sur Donzenac
La Maîtresse du corroyeur
Un horloger bien tranquille
Un été à Vignols
La Lavandière de Saint-Léger
L'Orpheline de Meyssac
Le Pain des Cantelou
Jean-Jacques Antier
Tempête sur Armen
La Fille du carillonneur
Marie-Paul Armand
Le Vent de la haine
Louise

Benoît
La Maîtresse d'école
La Cense aux alouettes
L'Enfance perdue
Un bouquet de dentelle
Au bonheur du matin
Le Cri du héron
Le Pain rouge
La Poussière des corons
Nouvelles du Nord
La Courée
Victor Bastien
Retour au Letsing
Henriette Bernier
L'Enfant de l'autre
L'Or blanc des pâturages
L'Enfant de la dernière chance
Le Choix de Pauline
La Petite Louison
Petite Mère
Françoise Bourdon
La Forge au Loup
La Cour aux paons
Le Bois de lune
Le Maître ardoisier
Les Tisserands de la Licorne
Le Vent de l'aube
Les Chemins de garance
La Figuière en héritage
La Nuit de l'amandier
Patrick Breuzé
Le Silence des glaces
La Grande Avalanche
La Malpeur
La Lumière des cimes
Nathalie de Broc
Le Patriarche du Bélon
La Dame des Forges
La Tresse de Jeanne
Loin de la rivière
La Rivière retrouvée
La Sorcière de Locronan

Annie Bruel
Le Mas des oliviers
Les Géants de pierre
Marie-Marseille
Michel Caffier
Le Hameau des mirabelliers
La Péniche Saint-Nicolas
Les Enfants du Flot
La Berline du roi Stanislas
La Plume d'or du drapier
L'Héritage du mirabellier
Marghareta la huguenote
Le Jardinier aux fleurs de verre
Daniel Cario
La Miaulemort
Jean-Pierre Chabrol
La Banquise
Claire Chazal
L'Institutrice
Didier Cornaille
Les Labours d'hiver
Les Terres abandonnées
Etrangers à la terre
L'Héritage de Ludovic Grollier
L'Alambic
Georges Coulonges
Les Terres gelées
La Fête des écoles
La Madelon de l'an 40
L'Enfant sous les étoiles
Les Flammes de la Liberté
Ma communale avait raison
Les blés deviennent paille
L'Eté du grand bonheur
Des amants de porcelaine
Le Pays des tomates plates
La Terre et le Moulin
Les Sabots de Paris
Les Sabots d'Angèle
La Liberté sur la montagne
Les Boulets rouges de la Commune
Pause-Café
Anne Courtillé
Les Dames de Clermont
Florine
Dieu le veult
Les Messieurs de Clermont
L'Arbre des dames

Le Secret du chat-huant
L'Orfèvre de Saint-Séverin
La Chambre aux pipistrelles
Paul Couturiau
En passant par la Lorraine
Annie Degroote
La Kermesse du diable
Le Cœur en Flandre
L'Oubliée de Salperwick
Les Filles du Houtland
Le Moulin de la Dérobade
Les Silences du maître drapier
Le Colporteur d'étoiles
La Splendeur des Vaneyck
Les Amants de la petite reine
Un palais dans les dunes
Renelde, fille des Flandres
Alain Dubos
Les Seigneurs de la haute lande
La Palombe noire
La Sève et la Cendre
Le Secret du docteur Lescat
Constance et la Ville d'Hiver
Marie-Bernadette Dupuy
L'Orpheline du bois des Loups
Les Enfants du Pas du Loup
La Demoiselle des Bories
Le Chant de l'Océan
Le Moulin du Loup
Le Chemin des Falaises
Les Tristes Noces
Elise Fischer
Trois Reines pour une couronne
Les Alliances de cristal
Mystérieuse Manon
Le Soleil des mineurs
Les cigognes savaient
Confession d'Adrien le colporteur
Le Secret du pressoir
Sous les mirabelliers
Laurence Fritsch
La Faïencière de Saint-Jean
Alain Gandy
Adieu capitaine
Un sombre été à Chaluzac
L'Enigme de Ravejouls
Les Frères Delgayroux
Les Corneilles de Toulonjac

L'Affaire Combes
Les Polonaises de Cransac
Le Nœud d'anguilles
L'Agence Combes et Cie
Suicide sans préméditation
Fatale Randonnée
Une famille assassinée
Le piège se referme
Gérard Georges
La Promesse d'un jour d'été
Les Bœufs de la Saint-Jean
L'Ecole en héritage
Le Piocheur des terres gelées
Les Amants du chanvre
La Demoiselle aux fleurs sauvages
Jeanne la brodeuse au fil d'or
Les Chemins d'améthyste
Denis Humbert
La Malvialle
Un si joli village
La Rouvraie
L'Arbre à poules
Les Demi-Frères
La Dernière Vague
Yves Jacob
Marie sans terre
Les Anges maudits de Tourlaville
Les blés seront coupés
Une mère en partage
Un homme bien tranquille
Le Fils du terre-neuvas
Hervé Jaouen
Que ma terre demeure
Au-dessous du calvaire
Les Ciels de la baie d'Audierne
Les Filles de Roz-Kelenn
Ceux de Ker-Askol
Michel Jeury
Au cabaret des oiseaux
Marie Kuhlmann
Le Puits Amélie
Passeurs d'ombre
Guillemette de La Borie
Les Dames de Tarnhac
Le Marchand de Bergerac
La Cousette de Commagnac
Gilles Laporte
Le Loup de Métendal

Jean-Pierre Leclerc
Les Années de pierre
La Rouge Batelière
L'Eau et les Jours
Les Sentinelles du printemps
Un amour naguère
Julien ou l'Impossible Rêve
A l'heure de la première étoile
Les Héritiers de Font-Alagé
Hélène Legrais
Le Destin des jumeaux Fabrègues
La Transbordeuse d'oranges
Les Herbes de la Saint-Jean
Les Enfants d'Elisabeth
Les Deux Vies d'Anna
Les Ombres du pays de la Mée
Eric Le Nabour
Les Ombres de Kervadec
Louis-Jacques Liandier
Les Gens de Bois-sur-Lyre
Les Racines de l'espérance
Jean-Paul Malaval
Le Domaine de Rocheveyre
Les Vignerons de Chantegrêle
Jours de colère à Malpertuis
Quai des Chartrons
Les Compagnons de Maletaverne
Le Carnaval des loups
Les Césarines
Grand-mère Antonia
Une maison dans les arbres
Une reine de trop
Une famille française
Le Crépuscule des patriarches
La Rosée blanche
L'Homme qui rêvait d'un village
L'Auberge des Diligences
Le Notaire de Pradeloup
Dominique Marny
A l'ombre des amandiers
La Rose des Vents
Et tout me parle de vous
Jouez cœur et gagnez
Il nous reste si peu de temps
Pascal Martin
Le Trésor du Magounia
Le Bonsaï de Brocéliande
Les Fantômes du mur païen

La Malédiction de Tévennec
L'Archange du Médoc
Louis Muron
Le Chant des canuts
Henry Noullet
La Falourde
La Destalounade
Bonencontre
Le Destin de Bérengère Fayol
Le Mensonge d'Adeline
L'Evadé de Salvetat
Les Sortilèges d'Agnès d'Ayrac
Le Dernier Train de Salignac
Michel Peyramaure
Un château rose en Corrèze
Les Grandes Falaises
Frédéric Pons
Les Troupeaux du diable
Les Soleils de l'Adour
Passeurs de nuit
Jean Siccardi
Le Bois des Malines
Les Roses rouges de décembre
Le Bâtisseur de chapelles
Le Moulin de Siagne
Un parfum de rose
La Symphonie des loups
La Cour de récré
Les Hauts de Cabrières
Les Brumes du Mercantour
La Chênaie de Seignerolle
Bernard Simonay
La Fille de la pierre
La Louve de Cornouaille
Jean-Michel Thibaux
La Bastide blanche
La Fille de la garrigue

La Colère du mistral
L'Homme qui habillait les mariées
La Gasparine
L'Or des collines
Le Chanteur de sérénades
La Pénitente
L'Enfant du mistral
L'Or du forgeron
Jean-Max Tixier
Le Crime des Hautes Terres
La Fiancée du santonnier
Le Maître des roseaux
Marion des salins
Le Mas des terres rouges
L'Aîné des Gallian
L'Ombre de la Sainte-Victoire
Brigitte Varel
Un village pourtant si tranquille
Les Yeux de Manon
Emma
L'Enfant traqué
Le Chemin de Jean
L'Enfant du Trièves
Le Déshonneur d'un père
Blessure d'enfance
Mémoire enfouie
Une vérité de trop
Louis-Olivier Vitté
La Rivière engloutie
L'Enfant des terres sauvages
L'Inconnue de la Maison-Haute
Colette Vlérick
La Fille du goémonier
Le Brodeur de Pont-l'Abbé
La Marée du soir
Le Blé noir

*Composé par Nord Compo Multimédia
7, rue de Fives, 59650 Villeneuve-d'Ascq*

Cet ouvrage a été imprimé en France par

à Saint-Amand-Montrond (Cher)
en mars 2010

N° d'édition : 7948. — N° d'impression : 100794/1.
Dépôt légal : mars 2010.